ADOBE
PHOTOSHOP
CS6
数码摄影师
完全指南

INSTITUTIONS OF HIGHER LEARNING OF PHOTO & VIDEO

U0062418

数码影像

REATIVE PROCESSING OF DIGITAL IMAGES

杨宗雄 编著

后期创意技巧

上海人民美术出版社

图书在版编目（CIP）数据

数码影像后期创意技巧 / 杨宗雄著； —上海：上
海人民美术出版社，2012.1
ISBN 978-7-5322-7666-0

Ⅰ.①数… Ⅱ.①杨… Ⅲ.①数字照相机—图像处理
Ⅳ.①TP391.41

中国版本图书馆CIP数据核字（2011）第241180号

数码影像后期创意技巧

编　　著：杨宗雄
责任编辑：汤德伟　刘晓天
技术编辑：季　卫
出版发行：上海人民美術出版社
印　　刷：上海市印刷十厂有限公司
开　　本：787×1092　1/16　10印张
版　　次：2012年1月第1版
印　　次：2012年1月第1次
印　　数：0001—3300
书　　号：ISBN 978-7-5322-7666-0
定　　价：29.00元

这是一本创意型Photoshop数码照片处理教程。

一般情况下，使用Photoshop处理数码照片包括三个层次：使照片变得完美、创造照相机本身可能或不可能产生的特殊效果、使用拍摄的照片作为素材创作更富视觉冲击力的新图像。这三个层次依据使用Photoshop进行后期处理的复杂程度和任务的类型来区分，但它们本身并不存在"高低贵贱"的差别，而是不同用户的目标需求：比如大多数数码摄影师的基本需求就在于通过简单的后期处理使拍摄到的照片变得完美；一些从事某些专业任务的摄影师比如商业人像摄影师，他们的需求则在于通过后期处理获得流行的色调与风格，包括一些特殊效果；一部分迷醉于Photoshop的数码摄影师，则可能会将后期处理看作摄影的"再创作"或"继续创作"，他们的作品主要是通过后期而不是按快门来完成的。

采用复杂后期创意手段制作的影像作品，其性质更接近平面图像而不是"照片"，因此我们也对使用Photoshop进行平面设计作了介绍。数码照片与平面设计的结合，是当代媒体传播的核心方式，具有广阔的前景与空间。

本书的独特之处，不但在于针对数码摄影师的需要明确提出后期处理的三个基本任务，使Photoshop后期处理教学从基本的照片处理向平面设计延伸，还提出了后期处理中Photoshop的核心技术概念。通过实际训练掌握色阶与曲线、图层、通道、选择、模糊与锐化、历史记录六大核心技术，用户可完成从简单到复杂的数码照片后期处理工作。这六项技术并且为我们进行后期处理提供了技术思路，如果我们面对一幅照片不知道如何进行改进与提高，这些技术或许会带来启发。

在实际处理过程中，本书反对炫耀技巧，遵循简单原则：能够一步完成的任务决不做两步，能够使用滤镜或插件完成的决不另外去设置复杂的处理步骤。本书在后期处理中追求尽可能完美的效果，同时也追求一般数码摄影师一看就能学会的简单方式。本书适应数码摄影师的需要，也为一般读者学习数码照片后期处理、接触商业摄影及平面设计领域的流行技术与风格，甚至进行相关的职业规划与训练打下了基础。

本书基于PC的Photoshop CS6或更高版本，如果读者使用较低版本的Photoshop或MAC电脑，某些功能或者不能实现，或者使用方式会有区别，请注意自己的电脑与软件版本。本书案例以提供处理思路为原则，处理步骤中的参数即使明确标出亦仅供参考，读者可根据自己喜好修改参数。本书使用了大量数码照片，除署名外均为作者本人拍摄。

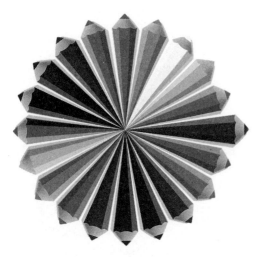

数码影像后期创意技巧

Chapter 1

第一章 Photoshop与影像处理

第一节 数码影像后期处理概述

一、摄影创作与后期处理

如何正确看待数码照片的后期处理，有过一些争议。

数码摄影发展初期，有不少人认为，由于后期处理的方便与灵活，数码摄影很容易成为弄虚作假的手段。近几年来，个别道德水平不那么高的摄影师采用通过后期处理作假的照片参加相关摄影比赛，似乎印证了这种观点。与此同时，尼康等厂家在其数码相机产品中加入了特殊的设置，通过专门软件可以验证其数码相机拍摄的照片是一次拍摄所产生的原始文件还是被修改过的，使数码照片具有"证据"功能。

但是，随着数码摄影的发展，后期处理对于一般拍照、艺术创作和商业摄影的价值，也越来越得到人们的肯定。一幅优秀的摄影作品，肯定包含了后期处理的功劳。一方面，按下快门后，数码相机的内部处理程式其实已经开始了"后期处理"，这是不同品牌数码相机在成像风格上存在差别的重要原因；另一方面，传统摄影时期，摄影师对后期处理同样十分重视，"三分拍，七分做"成为不少摄影师的共识。风光摄影大师亚当斯所提出的"区域曝光法"是传统摄影时代的经典技术，除了拍摄时的测光与曝光技术，在冲洗、放大照片的"后期"工作中，"压缩"或"扩张"影调的技巧，更为重要。可以想象，如果亚当斯有Photoshop，他必然会将"区域曝光法"发展到新的高度。

在摄影创作中，后期处理主要有以下几种情形：

首先是照片的优化与美化。不论采用什么手段获得数码图片，不论采用入门的还是顶级的数码相机拍摄，所得到的数码照片不一定符合人们的期待，因此就需要进行各种处理。一般来说是采取重新构图，调整照片的色彩、亮度、影调，调整照片的细节锐利度，应用专门的方法达到一些特殊效果等手段来使照片变得更加漂亮，趋向完美。这是后期处理应用最广泛的情形，对于绝大多数摄影师来说，掌握这方面的知识是进行摄影创作的基本技能之一。

其次是把拍摄到的照片作为素材，后期处理作为摄影创作的重心，即所谓"后期创作"。作为艺术创作的摄影，它当然也符合艺术创作的一些基本规律，比如"陌生化"，即通过与人们日常生活中的体验、感觉不一样的方式来强化艺术作品的效果。比如，有些摄影师追求"真实"，有些摄影师则追求拍摄到的画面与人眼睛所看到的效果截然不同。"陌生化"或"创新"的效果可以通过拍摄手段，也可以通过后期处理来实现。以拍摄的照片为素材，通过各种拼贴与混合等方式得到全新的画面，是数码艺术摄影创作的重要手段。

再就是商业应用。在产品广告、商业人像等领域，依据客户的要求，往往需要对图片进行特别的处理。比如商业人像写真，一般需要根据拍摄主题组合多种要素进行合成，以及调配各种流行色调等等。

二、后期处理的工具

为了对照片进行后期处理，我们需要两个基本的条件：一个是硬件，一台主流配置的电脑即可；另一个是软件，即处理图片的软件。

对一般家庭用户来说，如果处理图片的任务比较多，在购买电脑时可选购一台好一点的显示器，并且用一些小软件把显示器调整好。

软件方面，市面上可见的非常多，不少影友使用的也是五花八门。但是，最专业的还是Adobe公司的Photoshop。Photoshop是迄今为止世界上最畅销的图像编辑软件，也是最有影响力的设计软件之一。实际上，除了作为一种工具，Photoshop甚至正在更深远地影响着现时的摄影文化，成为当今摄影爱好者学习图像处理、设计制作的必选，他们把Photoshop简称为PS，并且赋予它多种词性——作名词用："你会PS吗？""他是PS高手。"作动词用："你这张照片PS了吗？"

现在，Photoshop已成为图像处理行业的技术标准，并且是Adobe公司最大的收入来源。它最早出现于1987年，那年秋天，美国一名攻读博士学位的研究生Thomas Knoll，一直尝试编写一个能够在黑白位图监视器上显示灰阶图像的程序，他把该程序命名为Display。他的程序引起了他哥哥John的注意。当时John就职于一家影视特效制作公司，并且正在实验利用计算机创造特效。在John的力促下，Thomas开发了Display的更多功能：色阶、色彩平衡、色相及饱和度等。1988年，在一次偶然的演示时，Thomas采用了一位观众的建议，把这个软件命名为Photoshop。从此，Photoshop正式成为了这个软件的名称，直至今日。

2003年9月，Adobe再次给Photoshop用户带来惊喜，新版本Photoshop不再延续原来的叫法称之为Photoshop 8.0，而改称为Photoshop Creative Suite，即Photoshop CS，强调它与Adobe其他系列产品组合成创作套装软件。今天，Photoshop已经发展到CS5.5版本，成为桌面印刷、互联网行业的影像与设计标准。

由于Photoshop在设计行业的影响，Adobe公司也将其极力推进到平面设计领域，而为数码摄影师专门推出了Lightroom（意为"明室"，与传统"暗房"相对照）。Adobe公司宣称："Lightroom为您提供创建出众图像、管理和展示所有照片所需的工具，优雅而不失影响力。"该公司也具体指出，Lightroom面向专业与业余摄影师，Photoshop面向摄影师与印刷设计人员，Photoshop Extended版本则面向跨媒体设计人员、Web设计人员、交互式设计人员。因此，我们将Photoshop作为数码照片后期处理的根本工具。

历代Photoshop的Logo或启动画面。

Photoshop CS 5启动画面。

第二节 熟悉Photoshop

如果你从来没有接触过电脑：

（1）请身边的电脑高手帮忙选购一台电脑并安装好Photoshop，或者开始使用学校的电脑。

（2）在老师指导下用鼠标反复打开、关闭电脑，注意每次开、关电脑要有一定时间间隔，到自己觉得打开、关闭电脑很轻松为止。

（3）打开电脑，拿起鼠标，指向屏幕左下角的"windows"图标，依次点击"所有程序"、"附件"、"画图"，用鼠标在打开的"画图"程序中乱写乱画，直到鼠标光标大致可以自由掌控（不再在屏幕上乱跑）为止。到这一步，可以说基本上会使用电脑和鼠标了。

（4）双击桌面上的Photoshop图标打开程序，单击右上角的"×"关闭Photoshop，反复几次之后，打开Photoshop认真观察它。

一、Photoshop的工作区

和所有电脑软件一样，Photoshop启动后在电脑上出现一个工作区窗口，这个窗口包括菜单栏、工具栏、工具面板、选项栏、控制面板、图像窗口等，如下图所示。因版本、设置等不同界面可能会略有差别。这是Photoshop CS5打开一张图片时的情形：

菜单栏　选项栏　工具栏　　　　　工作区模式按钮　控制面板

工具面板

图像窗口

状态栏　　　电脑windows工具栏

Photoshop CS5工作界面。

为改变Photoshop工作区的外观以适应不同的工作要求，按Tab键可隐藏或显示所有面板，按Shift+Tab键可隐藏或显示除"工具"面板之外的其他面板。或者点击工具栏上的屏幕模式按钮，以改变屏幕显示模式，比如在"全屏模式"下可以更直观地查看与欣赏图像。

Photoshop的工作区也是可以定制的，工作区窗口右上方有几个"工作区模式按钮"，按下最右侧的"**>>**"符号可看到更多选项，包括"基本功能、设计、绘画、摄影、3D、动感、CS5新功能"等。初学者可依次点击这些选项，体验Photoshop如何为不同的工作目的来安排控制面板等工具，为用户提供方便。当然，Photoshop高手也完全可以根据自己的需要对窗口进行个性定制，在"窗口"菜单下选择自己需要的功能与工具，让它们显示出来即可。

上图：设置Photoshop CS5的屏幕模式。点击屏幕模式按钮，有"标准屏幕模式"、"带有菜单栏的全屏模式"、"全屏模式"三个选项，一般在标准屏幕模式下工作以方便调用各种工具，如要查看或欣赏图片效果则可切换到全屏模式。

右图：预设Photoshop CS5的工作区。图上方的"工作区模式按钮"有多个选项，可按自己的需要调用。此图中选用"摄影"模式，最明显的变化是显示"直方图"、"调整"、"图层"等面板，它们均与数码照片处理关系密切。

Photoshop CS5菜单栏。

二、菜单详解

在电脑软件中，一般都会有"文件"、"编辑"、"视图"、"窗口"与"帮助"菜单，因此如果有一定电脑基础，以及会使用其他软件的，这些菜单很容易学会；而"图像"、"图层"、"滤镜"等则是Photoshop特有的菜单，大部分图像处理功能可通过这些菜单实现。

此外，Photoshop CS5还引入了3D功能，可进行一些简单的3D制作，当然不能跟专业3D软件相比，所以这方面就不再详细介绍了。

下面就对Photoshop CS5的重要菜单进行详细介绍。

（一）"文件"与"编辑"菜单

"文件"与"编辑"菜单主要用来进行文件操作、操作步骤控制、软件设置等。

"文件"菜单下比较常用的命令包括："新建"，建立一个新图片，按下此命令在弹出的窗口上可定义新建图片的大小、颜色模式等；"打开"，打开图片，"打开为"，打开图片的同时可以将该图片转换为你需要的格式；"最近打开的文件"则可快捷找到前几次使用的文件；"关闭"，关闭当前文件；"关闭全部"，关闭所有文件；"存储"，直接保存经修改的文件。

"文件"菜单下比较特殊的命令有："在 Bridge 中浏览"、"在 Mini Bridge 中浏览"，使用 Adobe Bridge 或 Mini Bridge 浏览图片，如果常常需要使用 Photoshop 进行批处理，这是比较重要的。如果没有这方面的

Photoshop CS5的颜色设置，选用"北美常规用途2"预设项，可应付大多数情况的图像处理。

需要，适应其他图像浏览软件，比如 ACDSee，则速度更快。

"打开为智能对象"。"智能对象"是一种尽量采取非破坏处理的方式，比如图像中如果包含矢量格式，对矢量图的处理不会受到影响；非智能对象如包含矢量格式则会将其栅格化于是可能在处理过程中受损。在 Photoshop 格式中输入文字或导入矢量图层，只要不将起栅格化，则默认为智能对象。

"存储为"、"存储为 Web 和设备所用格式"，这两条命令对于图像处理非常重要，我们将在图像格式一节中详细讲解。

"自动"与"脚本"，使用这两个二级菜单下的命令，可进行大量自动与批处理操作，大大减轻用户的工作量。其中一些重要的处理程式我们也会在以后的学习中接触到。

"编辑"菜单下比较常用的命令包括："还原"，撤消上一次操作；"前进一步"、"后退一步"，可后退或前进到前几次操作中的某一步；"剪切"，把被选择的对象或区域剪切下来，"拷贝"，把被选择的对象或区域复制下来；"粘贴"，把剪切或拷贝到剪贴板的对象粘贴到当前图像中；"选择性粘贴"下的"原位粘贴"，粘贴到原来的位置，"贴入"，粘贴到选择区域内。

"编辑"菜单下与图像处理有关的命令包括"填充"、"自由变换"、"描边"等，大部分我们在接下去的图像处理学习中都会碰到，这里不再详述。与软件设置有关的两个重要命令，其一为"颜色设置"，从弹出的窗口中点击"设置"下拉列表，我们可以看到多种选择，对新手来说选"日本常规用途"或"北美常规用途"就可以了。一旦选定，后面的复杂选项就已经为你设置好，一般不用再修改。其二是"首选项"，有多个设置项目，开始使用默认设置（不要去理睬它），熟悉 Photoshop 后再按自己的工作习惯去修改。

"编辑"菜单下还有一个"菜单"命令，点击它，在打开的对话窗口中可以对菜单进行自定义，比如显示或隐藏菜单、给某些菜单添上颜色等。由于 Photoshop 的菜单很多，有些菜单或许根本就不会去使用，把这些菜单隐藏掉，一些常用的菜单则可以设置以某种颜色突出显示，这样会在使用菜单的时候方便很多。

（二）"视图"与"窗口"、"帮助"菜单

在学习与操作 Photoshop 的过程中，应该善用"窗口"菜单，迅速找到自己所需要的功能；善用"帮助"菜单，解决学习与操作中的疑难。Photoshop CS5 发布了一本 pdf 格式的帮助文件电子书，可作为入门级教材与工具书来查阅。

与其他软件一样，Photoshop 也可通过"视图"窗口来定制软件界面，显示或隐藏标尺、辅助线、网格等。比较特别的是，Photoshop "视图"窗口下有一个"校样颜色"与"校样设置"，"校样设置"下有多个选项，比如单击其中的"工作中的CMYK"，当前图片会暂时转换为CMYK颜色模式，并自动打开"校样颜色"，在电脑屏幕上模拟该图片的印刷结果。单击"校样设置"下的其他选项可以进行相应的预览，单击"校样颜色"取消其前面的"√"，则可回到原来的工作状态。

（三）"图像"、"图层"与"选择"菜单

Photoshop 有专门的"选择"菜单，配合选择工具使用，使图像处理工作变得更加灵活；有专门的"图层"菜单，配合"图层"面板，帮助用户进行复杂的创意处理；"图像"菜单更表现了 Photoshop 的核心功能与概念。其中不少概念牵涉到 Photoshop 的核心技术，我们将在下一章详细讲解。

"图像"菜单下，也有一些简单、常用的命令："自动色调"、"自动对比度"、"自动颜色"，顾名思义，就是对图像的色调、对比度等进行自动调整。如果拍摄的照片本身问题不大（数码相机拍摄的照片通常都是这种情形），对后期调整也没有特别的要求，就是希望鲜艳一些、漂亮一些，大多数照片执行这样的处理就可以了。

"图像大小"，输入数字可改变照片的大小；"画布大小"，可改变放置图像的"画布"大小，点击"画布大小"在弹出的对话窗口输入比图像更大的数字，图像就会出现一个背景色边框，这是为照片加边框最简单的方法。"图像旋转"，包含多个命令，其中"任意角度"比较复杂，其具体操作如本页插图下所示。

使用"图像"菜单下的"自动对比度"命令。上图左为原图，右为经"自动对比度"处理的图像，色调、反差更讨人喜欢。

使用"图像—图像旋转"菜单下的"任意角度"把倾斜的房子拉正。具体步骤：1. 选择"标尺工具"；2. 在房子应该水平线的地方画一条直线（上图）；3. 点击"图像—图像旋转"菜单下的"任意角度"，出现右上图的对话窗口，按"确定"。右图为完成效果。

第一章 Photoshop 与图像处理

使用Photoshop CS5的"滤镜库"界面。选取"滤镜"菜单下的"滤镜库"并打开，Photoshop
绝大多数"滤镜"可在此界面找到，对于各种"滤镜"效果的——试验，非常方便和直观。

（四）"滤镜"菜单

  "滤镜"是Photoshop最令人眼花缭乱的功能，主要用来创造各种图像特效，也是最容易使用（虽然获得令人满意的效果不一定很容易）的功能。通过使用滤镜，能够为图像提供素描或印象派绘画外观的特殊艺术效果，还可以使用扭曲和光照效果创建独特的变换。建议刚接触Photoshop的新手，可以在Photoshop中打开各种题材的照片，然后一一试验各种滤镜的效果，先看它的默认效果，如果觉得有那么点意思，再尝试改变一些参数，看图像发生什么变化。

  对于正常的图像处理来说，最常用的"滤镜"是"锐化"与"模糊"，我们将在下一章深入探讨。由于大多数"滤镜"使用比较简单，这里不再详述。而"滤镜"菜单下的"液化"，常常为普通用户所忽略，其实该滤镜可以最大限度地对图像进行自由变形处理，因此往往被一些时尚摄影师用来修整人像照片，使人的五官、面部和体形变得完美，或者创造夸张的漫画肖像等。

  除了Photoshop自带滤镜，还有不少第三方开发的滤镜可供Photoshop用户使用，它们被称为"外挂滤镜"或"插件"，使用方法大同小异，可以轻易创建更炫目的效果。

使用"液化"滤镜使美女变得更性感。上图左为调整后的效果，右为原照。

本例中的模特其实已经非常漂亮，我们在这里进行了一些夸张的操作以说明"液化"滤镜的效果。

使用"液化"滤镜可遵循两条原则：一是先整体后局部。在进行整体调整时，如中图那样对整个画面进行分析与处理，再作局部调整时，则如下图那样把局部放大以便精细处理。二是画笔的笔触应该比需要处理的内容略大，比如下图处理眼睛，则笔触比眼睛略大。

"液化"滤镜包含多种笔触、工具，如中图所示，在"液化"滤镜界面，鼠标移动到某种工具的图标，则会出现该该工具的名称。这里选用了最上面的"向前变形"工具，使用该工具使模特眼睛、胸部变得更大，下巴变尖，腰身、胳膊变得纤细等。

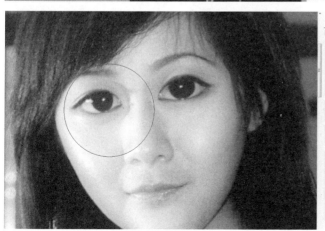

上图：使用"裁剪"工具裁剪旅游照片。下图：Photoshop CS5帮助文件中对各种工具的介绍。

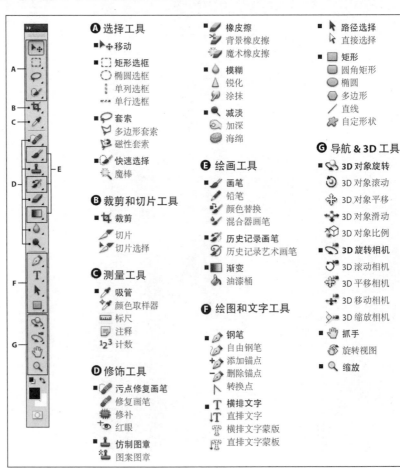

三、面板与选项栏

　　启动Photoshop，可以看到其工作区左侧有一条细长的"工具面板"、右侧有一系列"控制面板"。"控制面板"中的"直方图"、"通道"、"图层"等都是非常重要的工具，以后都会用到。

　　对于新手来说，使用鼠标来操作各种工具是比较容易的方法。"工具面板"中包含了十几种工具，包括各种选择工具、绘图工具、文字输入工具等。处理数码照片，最简单的工作或许是裁剪。选择工具面板中的"裁剪"工具，用鼠标在画面上画框即可。Photoshop CS5的裁剪工具有以下三个特点：将被裁掉的部分较暗，便于观看效果；出现把画面长、宽均三等分的"井"字形辅助线，便于用户使用三分法（黄金分割法）重新构图；拉动鼠标的同时按下Shift键，则画出的框为正方形，可方便裁剪出正方形构图的画面（上页图）。

　　选取一种工具后，可在"选项栏"查看、修改该工具的参数，以精确调控图像处理工作。下图以使用"加深"与"减淡"工具处理图片为例，说明工具配合选项栏的使用方法。

使用"加深"与"减淡"工具处理图片，左上图为原图，影调平淡；上图为完成的效果，背景与人物之间有了合适的反差，人物皮肤显得更白皙漂亮，主体得到突出。

"加深"工具使画面变黑、"减淡"工具则变白。具体步骤如左图：1. 选择"加深"工具；2. 在选项栏中适当修改参数（可反复试验）；3. 在画面上按鼠标右键，调整画笔大小等。然后就可以在画面中需要加深的地方点击了。"减淡"工具使用方法类似。

四、外挂滤镜

前面说过，滤镜是 Photoshop 中功能最丰富、效果最奇特的工具之一。为了获得更多炫目的特殊效果、更简单方便的工作方式，不少厂商为Photoshop开发了许多外挂滤镜（也叫插件），为用户提供更多的工作便利。用户安装外挂滤镜后即可使用。

由于Photoshop本身的功能已经很丰富，操作非常方便、智能化，一般用户已经没有太大必要使用外挂滤镜了。然而，如果对外挂滤镜有着狂热的兴趣，并且热衷于在图像处理方面接触更多创意的、特别的效果，追求新奇效果的图像艺术创作，也可以选择一些外挂滤镜来使用。外挂滤镜是由第三方厂商为Photoshop所开发的滤镜，它不但数量庞大、种类繁多、功能齐全，而且版本和种类不断升级和更新。用户通过安装滤镜插件，能够使Photohsop获得更有针对性的功能，例如，TopazClean(YUV)滤镜是一个用于去除图像噪点的滤镜，它使用独特的算法能够有效去除不同种类图片的大面积噪点，保留图像细节和架构，通过使用它用户便可以更快更准确地处理图像噪点。

在Photoshop CS5中使用外挂滤镜nik Color Efex Pro 3。上图为软件界面，中图为转黑白效果，下图为黑白老照片效果。原照片为佳能EOS 60D官方样照，原彩色效果见下页图。

nik Color Efex Pro是著名的Photoshop外挂滤镜，可帮助用户进行从细微的图像修正到颠覆性的视觉效果制作。Nik Color Efex Pro允许用户为照片加上原来所没有的东西，比如"Midnight Blue"功能可以把白天拍摄的照片变成夜晚背景，"Infra-red Black and White"功能可以十分真实地模拟红外摄影的效果，"Sunshine"功能则能让原本灰暗的画面获得阳光明媚的效果，"True Light"技术允许你像处理传统胶片一样去处理数码照片中的光学感应效果等。

我们在以后的图片处理学习中会接触到更多的外挂滤镜，这里先简单体验一下nik Color Efex Pro的界面、操作与效果吧。

第三节 数码图像的基本概念

一、像素与图像大小

　　像素是组成照片的基本单位，是照片所能解析的最小"点"——数码照片就是由一个又一个这样的"点"组成的。图像大小意味着该图片包含多少个像素，一般用边长的乘积表示，比如6000×4000像素，表示该图片长6000像素、高4000像素，由2400万像素组成。一般来说，像素越高，可输出的照片尺寸越大。

　　图像大小的另一个意思是图片输出尺寸的大小。同一幅图片，如果在单位面积上放置较多的像素，输出尺寸就小，在单位面积上放置较少的像素，尺寸就大。比如一幅2400万像素的图片用于打印输出，每英寸打印100像素，可得到60×40英寸的照片；每英寸打印200像素，可得到30×20英寸的照片，依此类推。下面的图片为同样大小的数码照片印刷，但单位面积放置的像素数不同，图像大小不同。

　　每英寸多少像素一般用dpi表示，这就是数码照片的分辨率。分辨率是一个输出概念，主要用于打印、印刷输出。在输出设备的范围内，分辨率越高，图像质量越好。比如对于精细的艺术印刷，300dpi的分辨率比较适合，如果用较低的分辨率比如200dpi、100dpi，则图像质量会下降，但高于300dpi一般则没什么意义。而普通的喷墨输出，有时候100dpi也够了。大家可据此计算自己数码照片的像素数是否够用。

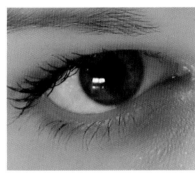

右图：用nik Color Efex Pro中的"Dynamic Skin Softener"美化模特的皮肤（照片局部）。
左上图：使用约200dpi分辨率输出该照片局部。
左下图：未经处理的原图局部。
照片为佳能EOS 60D官方样照。

右上图：颜色与光线——可见光的波长范围大致在390～770nm之间，波长不同的电磁波，引起人眼不同的颜色感觉。

右下图：色相、饱和度、明度。一般用色相来描述颜色的外观，比如红色、蓝色、黄色；饱和度则是指颜色的浓烈程度，纯色一般都是饱和度很高的颜色；明度指色彩的明暗程度，明度很高或很低的情况下，色彩饱和度也显得很低。

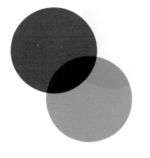

紫外线　　　　可见光区域　　　　红外线

降低饱和度 ←————— 红蓝黄纯色 —————→ 降低明度

颜色模式图解

红蓝黄｜橙绿紫｜　三次色
原色｜二次色｜红黄黄蓝蓝红／橙橙绿绿紫紫

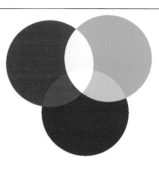

右图：RGB色彩模式，红、绿、蓝三种色光叠加在一起产生白色。

中图：CMYK色彩模式，青、品红、黄三种颜料混合在一起产生黑色。

左图：红蓝黄色彩模式。以红、黄、蓝为原色，它们每两种互相混合构成橙、绿、紫三种二次色，原色与二次色再一起互相混合得到六种三次色，组成图中的12种颜色的色环。颜色关系：在色环上选定一种基准色，与它相邻15度的颜色为同类颜色、相邻30度的为类似色、120度的为对比色、180度的为互补色。比如以红色为基准，则红紫、红橙是它的同类色，紫色、橙色是它的类似色，蓝色、黄色是它的对比色，绿色是它的互补色。

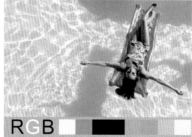

Photoshop的RGB模式。RGB颜色模式在Photoshop中是最常用的，因为基本上所有电子图像显示设备，比如电脑液晶显示器、投影仪等都使用RGB模式工作：由红、绿、蓝三原色的发光源来表现多种颜色。因此数码照片采用RGB颜色模式更符合这些显示设备的工作原理。

在Photoshop中，一张RGB模式的数码照片，其颜色信息记录在红、绿、蓝三个颜色通道中。RGB颜色模式下，数码照片的每一个像素都包含了红、绿、蓝三种颜色的明度，这三个颜色通道因此构成各自颜色明度的灰度图。在这里我们将一幅尼康D7000相机的官方样照和一个色条的颜色通道分离出来，彩色照片上方的三幅小图，左为红色通道，中为绿色通道，右为蓝色通道。可以直观看到，红、绿、蓝哪种颜色最纯最饱满，在其相应通道中显示的灰度最明亮。

二、颜色模式

颜色是图像的重要信息，处理数码照片，最重要的工作是调整照片的颜色。为了更好地利用图像处理手段进行艺术创作，全面掌握这方面的知识是很有必要的。

（一）光线与色彩

可见光是电磁波谱中人眼可以感知的部分，可见光谱没有精确的范围；一般人的眼睛可以感知的电磁波的波长在400～700nm之间，但有一些人能够感知到波长大约在380～780nm之间的电磁波。正常视力的人眼对波长约为555nm的电磁波最为敏感，这种电磁波处于绿光区域。

色光还具有下列特性：1．互补色按一定的比例混合得到白光。如蓝光和黄光混合得到的是白光。2．颜色环上任何一种颜色都可以用其相邻两侧的两种单色光，甚至可以从次近邻的两种单色光混合复制出来。较为典型的是红光和绿光混合成为黄光。3．如果在颜色环上选择三种独立的单色光，就可以按不同比例混合成日常生活中可能出现的各种色调，这三种单色光称为三原色光。光学中的三原色为红、绿、蓝。这就是Photoshop中RGB颜色模式的工作原理。4．太阳光照射某物体时，某波长的光被物体吸取了，则物体显示的颜色（反射光）为该色光的补色。如太阳光照射到物体上，若物体吸收了紫光，则物体呈现黄绿色。即我们看到物体是什么颜色，乃是因为它只反射该种颜色的光线。在反射光应用中，一般采用青、品红、黄作为三原色，如彩色印刷，除了黑色颜料，就是用青、品红、黄三种颜色的颜料混合得到各种彩色。

此外，一般认为红、蓝、黄三种颜色是人们视觉体验中最纯的颜色，给人鲜艳、饱满的感觉，在一般美术教学体系中被视为三原色。

（二）颜色模式

Photoshop颜色模式的依据来自人们对光与色彩的研究与体验，是一个严格的科学体系。常见的颜色模式包括：

RGB颜色模式　图像文件以RGB（红蓝绿）三种颜色记录图像的色彩信息，Photoshop为图像的每个像素分配RGB的强度值。在8位颜色的图像中，彩色图像中的每个RGB分量的强度值为0（黑色）到255（白色），当RGB值相等时，结果会出现中性灰度级；当RGB值均为255时，结果是纯白色；当这些值都为0时，结果是纯黑色。

RGB颜色模式的原理是光的三原色：打出三束强度相同的RGB光线，它们重合在一起变成白光。这决定了采用RGB颜色模式处理图片最适用于在电脑上显示图像，因此用于上网的照片一般采用RGB模式。RGB模式的图片也可用于激光冲扩，甚至喷墨打印。对一般摄影者来说，RGB颜色模式是最常用的，而几乎所有数码相机所产生的图像，也都是RGB模式。

CMYK颜色模式　这一模式为图片记录CMYK（青、品红、黄、黑）四种颜色，它的原理是染料或油墨的三原色：用等量的青、品红、黄油墨叠印在一起，得到黑色；为了加深纯黑部分和得到更好的灰度层次，彩色印刷中又增加了专门的黑色，这在颜色模式中用K值来记录。因此，

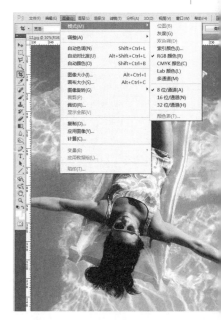

Photoshop CS 5的"图像—模式"菜单，可选择不同的颜色模式与色彩深度。

灰度模式。

索引颜色模式（此图为16种颜色）。

位图模式。

可以把CMYK模式理解为出版印刷专用格式，大多数摄影者不必理会，但如果对平面设计感兴趣则一定要掌握。

Lab颜色模式　　Lab颜色模型基于人对颜色的感觉。Lab中的数值描述正常视力的人能够看到的所有颜色。它描述的是颜色的显示方式，而不是设备（如显示器、桌面打印机或数码相机）生成颜色所需的特定色料的数量，所以 Lab 被视为与设备无关的颜色模型。

位图模式　　位图模式仅使用两种颜色值（黑色与白色）来记录图像中的像素，所以位图模式下的图像只有黑、白两色。一般来说，电脑上的文字（黑色文字）通常用位图模式来显示。

双色调与多色调模式　　通过一至四种自定油墨创建单色调、双色调（两种颜色）、三色调和四色调的灰度图像。我们可以把双色调图像理解为带彩色的灰度图，在Photoshop中，必须先将图片转换为灰度模式，然后再转换为双色调或多色调模式。

灰度模式　　灰度模式在图像中使用不同的灰度级。在8位图像中，最多有256级灰度，图像中的每个像素都有一个0（黑色）到255（白色）之间的亮度值。在Photoshop中，如果把彩色模式转换为灰度模式，图片变成了黑白，原来彩色图像中每个像素的彩色记录全部转化为亮度记录。

索引颜色模式　　索引颜色模式用最多256种颜色生成8位图像文件。当转换为索引颜色时，Photoshop将构建一个颜色查找表，用以存放并索引图像中的颜色。如果原图像中的某种颜色没有出现在该表中，则程序将选取最接近的一种，或使用仿色以现有颜色来模拟该颜色。如果是本身颜色比较少的图形，用很少的颜色即可记录，采用较少的索引颜色存为GIF格式，可以做到在保持高质量图像的同时使文件变得最小，有利于图像在网上传播。

多通道模式　　多通道模式图像在每个通道中包含256个灰阶，对于特殊打印很有用。比如图像中如果只使用了一两种或两三种颜色时，使用多通道颜色模式可以减少印刷成本。

（三）色彩深度

大多数人在选购数码相机的时候都很关心其像素数，但对于色彩深度却不甚了解。色彩深度又叫色彩位数，用来表示数码相机的色彩分辨能力。比如一架红、绿、蓝三个颜色通道中每种颜色为8位的数码相机，总的色彩位数为24，可以分辨的颜色总数为2^{24}，即16,777,216种颜色。这也是一般电脑显示器能显示的颜色数。数码相机的色彩位数越多，意味着可捕获的细节数量也越多。通常数码相机有24位的色彩位数已足够，比较专业的数码相机，则可达到30~48位的色彩深度。

在Photoshop中，不同文件格式、不同颜色模式下的图像文件所支持的颜色深度可能是有区别的。如果一个图片支持256种颜色（如GIF格式），那么就需要256个不同的值来表示不同的颜色，也就是从0到255。用二进制表示就是从00000000到11111111，总共需要8位二进制数。所以颜色深度是8。BMP格式最多可以支持红、绿、蓝各256种，不同的红绿蓝组合可以构成256的3次方种颜色，就需要三个8位的2进制数，总共24位。所以颜色深度是24。颜色深度越大，图片占的空间越大，当然图像显示效果更细腻、层次更丰富、过渡更自然。

（四）色彩空间与色彩管理

我们在使用数码相机时，色彩设置中一般可以设定为sRGB或者Adobe RGB两种色彩空间之一，在 Photoshop的颜色设置中同样也有这两个选项。所谓色彩空间，它所描述的是图像对色彩的表现能力，或显示器、打印机对颜色的再现能力。sRGB与Adobe RGB是最常用的色彩空间，后者对颜色的表现更宽广。

一般认为，sRGB色彩空间是为Web设计者而设计的，它一般主要适合电脑显示器以及中低端打印机打印数码照片，因为所表现的色彩范围（色域）相对较窄，适合电脑显示器和大多数中低端打印机的实际情况，在这些设备上可以获得最佳效果，得到的照片色彩更鲜艳、饱满。相对来说，如果用色域范围更宽广的Adobe RGB，在这些设备上所出现的图像则会显得偏灰。当需要印刷高质量的印刷品及高质量打印时就需要使用色域更宽的Adobe RGB色彩空间了，目前，一些高端图像设计"专业"显示器也可支持Adobe RGB空间。

色彩管理方面，对于大多数数码摄影者来说，一般来说没必要把色彩管理想得过于神秘和复杂，也没必要做得多么"专业"。一般的，要完成以下几个任务：

首先，设置好显示器的亮度与对比度。一般显示器都可以选择某一个色温，用默认的就可以了。为了使图像得到最好的层次显示，可以使用如图所示的灰度条块设置显示器。在Photoshop中打开这张图片，按照图中的步骤调整好显示器即可。

其次，根据工作目的设置颜色模式。一般使用RGB模式进行图像处理和输出，可满足电脑显示、网上发布、一般打印的要求；为了出版印刷的图像，在处理完成后再转换为CMYK模式，并且仔细检查转换前后图像的色彩、反差表现，对转换后的图像进行微调。

第三，做好颜色设置。打开Photoshop编辑菜单下的"颜色设置"，可以设置Photoshop用哪种色彩空间来工作，以及如何进行色彩管理等。应根据工作目的来设置，比如处理用于上网的照片，可采用sRGB，用于印刷的照片，则应在Adobe RGB模式下工作。还应该注意的是，使用数码相机的时候，它的色彩空间也应该用同样颜色设置。

最后，输出部分的颜色管理。由于不同打印、印刷条件下的色彩表现会有所不同，为了得到和电脑屏幕上相一致的色彩效果，可以选择一种比较简单的方式：找一家稳定、可靠的打印店，先送一张色彩比较丰富的图片去打印，然后拿回来对照自己的屏幕，调整显示器的亮度、对比度使打印照片和电脑上显示的图像尽可能一致，然后调整其他需要打印的照片即可。我在做艺术杂志的印前制作时，也通过类似方法，从印刷制版部门的样稿输出机构输出一幅照片样稿，然后拿回来在显示器上打开数码图像原稿对照打样输出稿调整屏幕，此后送去的设计稿打样出来的效果就基本上与我在屏幕上看到的效果差不多了。注意，这一过程要定期进行（比如每半年就调整一次）。

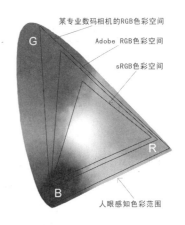

某专业数码相机的RGB色彩空间

Adobe RGB色彩空间

sRGB色彩空间

人眼感知色彩范围

色彩空间也被称为色域，描述软、硬件对色彩的感知或表现范围。色彩空间越大，或色域范围越宽广，对色彩的表现力越强。上图是对几种色彩空间的模拟，可见人眼对色彩的感知范围大于所有设备。
调整屏幕：在Photoshop中打开下面的灰阶图，按以下步骤调整显示器：1. 降低显示器的亮度直到1和0一样黑；2. 提高显示器的对比度直到15显得最亮最白；3. 提高显示器的亮度使1比0刚好有所差别。
屏幕调整图片、工具下载：
http://www.jaer.ys168.com/

| 0 | 1 | 2 | 3 | 4 | 5 | 6 | 7 | 8 | 9 | 10 | 11 | 12 | 13 | 14 | 15 |

用于上网的照片，在完成处理后，一般应该把图像大小调整到比较小，比如在"图像大小"对话窗口把图像的宽边调整为900像素。具体大小根据网站要求和自己期望来确定。然后使用"文件"菜单下的"存储为Web和设备所用格式"命令，选择JPEG格式，调整它的"品质"（即压缩率）可在窗口左下角看到图像文件的大小（上图为243.8K），大小可根据自己的网速、网站要求来确定（有些网站不能上传大文件）。然后点击窗口下方的"存储"。

用于印刷的照片，可先在RGB模式下完成处理，然后转为CMYK模式，最好作一些微调再保存。如果需要指定图像印刷尺寸大小，可在"图像大小"对话窗中修改"文档大小"下面的宽度，或直接修改分辨率。最终结果保存时，如果原始图像是JPEG格式（比如直接用数码相机拍摄的JPEG格式照片），仍可继续采用该格式：选取"文件"菜单下的"存储为"命令，在出现的"JPEG选项"对话窗口中把"品质"设置为"最佳"即可。

三、文件格式

计算机显示图像的方式是位图与矢量图。位图图像，亦称为点阵图像或绘制图像，是由称作像素的单个点组成的，这些点可以进行不同的排列和染色以构成图样。当放大位图时，可以看见赖以构成整个图像的无数个方块，在 Photoshop 中，放大图片到300%以上即可清楚看到这些方块。我们在调整图像大小时，扩大位图尺寸的方法是增加像素，即所谓"插值"，因此对图像质量的影响较大；缩小位图尺寸的方法是丢弃一些像素，对图像质量也会有所影响（因此缩小后往往需要进行锐化）。矢量图像，也称为面向对象的图像或绘图图像，简单地说是通过类似数学公式的方法来确定的，因此可以无限放大或缩小而不应影响图像质量。一般数码照片都是位图图像，而大部分电脑绘画则为矢量图。

数码图像本质上是一个储存在电脑磁盘上的电子文档，可储存的格式非常丰富，使用哪种文件格式，一般来说取决于图像的用途。目前使用最普遍的是 JPEG 格式，它具有最大的兼容性和文件比较小等优点，在许多程序中可以通用，也可以在网上发布、送去数码冲印。

JPEG 是一种经过压缩的文件，同样大小的图片，压缩程度的不同，文件大小不同。大多数图像程序，在保存 JPEG 格式文件时，都会有压缩大小的选项。比如大家常用的看图软件 ACDsee，当保存 JPEG 格式文件时，点击保存对话窗口的"选项"会出现一个新的对话框，有许多可选的项目，其中最重要的是"图像质量"，它是一个滑动工具条，一边是"压缩率"（它的意义是把图像文件压缩到原来的百分之几），一边是"最佳图像质量"，用鼠标拖动，用户可以在两者之间选择一个认为合适的数据。这个对话框已经告诉我们，JPEG 文件的压缩会影响图像质量，压缩率越高，文件越小，图像质量越差。我们在数码相机上直接用 JPEG 格式拍摄时，可以有不同的图像质量选择，当选择较低的图像质量时在相同大小的储存卡上可以拍摄到更多的图片，也是这个道理。

一般来说，当压缩率为80%或以上，对图像的影响基本上看不出来，而压缩率小于60%，则图像可能会变得比较粗糙。

TIFF（或 TIF）格式主要用来保存用于印刷的影像文件。印刷行业对影像质量的要求大概是最高的，因此不计文件大小，而以不影响质量为第一，理所当然采用非压缩的 TIFF 格式。Photoshop CS 在储存 TIFF 格式时有一个"图像压缩"选项，可选"无"或"LZW"，后者是一种无损压缩，可以使文件变小但不会影响图像质量；"字节顺序"选项，用 PC 就选 PC，用苹果就选苹果。

BMP 是一种与硬件设备无关的图像文件格式，使用范围非常广。它采用位映射存储格式，除了图像深度可选以外，不采用其他任何压缩，因此，BMP 文件所占用的空间很大。

至于 Photoshop 专用的 PSD 格式，一些 Photoshop 高手经常会使用。如果在图像处理过程中采用了图层、通道、蒙版等手段，如果要在保存的文件中包含这些因素以方便以后继续处理和保存处理图像的方法，就只有存储为 PSD 格式。

第四节 提高工作效率

一、动作与批处理

在 Photoshop 中，已经把一些常用的处理步骤录制成"动作"，这些处理步骤被记录下来，当我们要使用时，只要打开图像，选择需要的动作，按一下动作面板下方的"播放"键，所有操作步骤就会自动完成。

当然，Photoshop 中已有的动作并不一定能满足大部分用户的需要，有时候需要自己录制动作。对于一些自己经常会用到的处理步骤，把它录制成动作，在工作中可以节省不少时间。录制动作的方法，是在准备好进入处理步骤的时候，从动作面板中按下"新建动作"，在对话框中给你的动作取一个名字，按下"记录"按钮，然后照常规处理图像，处理完毕，按一下动作面板下方的"停止"按钮，这个动作就录制完成了。自己录制的动作与 Photoshop 中原有的动作在使用上完全相同。

如果要对许多图像进行相同的处理，就可以使用批处理方式。首先，把要处理的步骤录制成动作，然后在文件菜单下的"自动"中找到"批处理"，点击它，设置好各种参数，点击"确定"，Photoshop 就会对这些图片自动进行你所需要的处理，你大可以歇一下，或者去做别的事情。这是数码摄影师常用的工作方式。

感谢我们的电脑，使今天的工作变得前所未有的舒适和轻松。

二、使用快捷键

提高工作效率的另一个途径是学会使用各种快捷键。所谓快捷键，是通过在键盘上同时按下某些键来快速调出你所需要的功能，对于熟悉电脑的用户来说，这种方式要快得多。点击"编辑"菜单下的"键盘快捷键"，在打开的对话窗口中可以找到常用功能的快捷键。Photoshop 中大多数快捷键都是可以自己定制的，比如笔者经常会用到的"亮度/对比度"、"阴影/高光"等功能，就为它们定义了快捷键，以方便随时调用。如果不是专门操作Photoshop的平面设计、图像处理人员，一般用Photoshop默认的快捷键就可以了。

右边这些快捷键是比较常用的，大家可以在Photoshop中打开一幅图像，然后依次练习这些快捷键，基本上可以背下来，对于以后的图像处理中提高操作速度很有好处。此外还有一些小诀窍也会使操作更方便：

双击Photoshop的背景空白处(默认为灰色显示区域)即可启动"打开"命令，相当于点击了"文件"菜单下的"打开"。

按Caps Lock键可以使画笔和磁性工具的光标显示为精确十字线，帮助用户精确定位，再按一次可恢复原状。

使用其他工具时，按住空格键后可转换成手形工具，即可移动视窗内图像的可见范围。在手形工具上双击鼠标可以使图像以最适合的窗口大小显示，在缩放工具上双击鼠标可使图像以1∶1的比例显示。

使用裁切工具，如果裁切框比较接近图像边界，裁剪框会自动贴到图像的边上，无法精确裁切图像。不过只要在调整裁切边框时按下"Ctrl"键，那么裁切框就会服服帖帖，可任意调整。

可以用选框工具或套索工具，把选区从一个文档拖到另一个上。

常用的快捷键	
文件菜单	
打开	Ctrl + O
关闭	Ctrl + W
储存	Ctrl + S
储存为	Shift + Ctrl + S
打印	Ctrl + P
编辑菜单	
还原	Ctrl + Z
渐隐	Shift + Ctrl +F
拷贝	Ctrl + C
剪切	Ctrl + X
粘贴	Ctrl + V
图像菜单	
图像大小	Alt + Ctrl + I
色阶	Ctrl + L
曲线	Ctrl + M
色彩平衡B	Ctrl + B
色相/饱和度	Ctrl + U
图层菜单	
新建图层	Shift + Ctrl + N
通过拷贝的图层	Ctrl + J
通过剪切的图层	Shift + Ctrl + J
合并图层	Ctrl + E
选择菜单	
全部选择	Ctrl + A
取消选择	Ctrl + D
滤镜菜单	
上次滤镜操作	Ctrl + F
视图菜单	
校样颜色	Ctrl + Y
放大	Ctrl + +
缩小	Ctrl + -
标尺	Ctrl + R

第二章 Photoshop的核心技术

使用 Photoshop 必须掌握的七种武器：

1．"色阶"，用于大部分图片的颜色与反差调整。

2．"色相/饱和度"，用于图片颜色的精细调整与创意处理。

3．"图层"，提供更方便和更有利于艺术创意的处理手段。

4．"选择"工具，为各种工作带来更多的灵活性。

5．"历史记录"，最简单和巧妙的Photoshop工具。

6．"通道"，对图片最大限度的调控与创意处理。

7．"锐化"技术，逼真细节的画面冲击。

虽然并不一定每一次图片处理都必须使用这七种工具，并且别的工具也经常会用到，然而对于数码照片的后期处理来说，它们确实是最有效的"七种武器"。

第一节 图层与图层蒙版

一、图层概述

（一）图层

Photoshop 图层就像堆叠在一起的照片，每张照片的透明度等都是可以调控的，透过图层的透明区域可以看到下面的图层。可以移动图层来定位图层上的内容，图层顺序也可以更改。可以使用图层来执行多种任务，如复合多个图像、向图像添加文本或添加矢量图形形状。可以应用图层样式来添加特殊效果，如投影或发光。

可以通过"图层"菜单或者在"图层"面板中使用图层。

"图层"面板列出了图像中的所有图层、图层组和图层效果。可以使用"图层"面板来显示和隐藏图层、创建新图层以及处理图层组。可以在"图层"面板菜单中访问其他命令和选项。

（二）用于非破坏性编辑的图层

有时需要对图片进行非破坏性编辑，即在开启图片后不管进行了什么处理，原始图片效果一直得到保持，因此可以随时"从头开始"，也方便多重效果的比较。进行非破坏性编辑的方法，最简单的是把原图（背景图层）复制为图层，所有处理都是在图层上进行，背景图层不受

Photoshop CS5中，工具面板最上方即为图层选取工具。选择该工具后，在属性栏中选中"自动选择"、"图层"、"显示变换控件"，即可用此工具选择画面上的图层：点击某一图层，该图层即被选中，并且出现一个框架，可直接对图层进行自由变换：用鼠标拉动框架四角的框点可改变图层大小，如果同时按下Shift键则按比例改变大小；按下Ctrl键的同时拉动框架四角框点，则可令图层变形。

影响；使用调整图层，调整图层的颜色或色调处理可对其下面的图层产生影响，但下面的图层本身并没有改变；把图层转换为智能对象，可以进行多种处理而不会改动图层本身，比如可包含智能滤镜图层，对图像应用滤镜时不造成任何破坏，并且可任意调整或移去滤镜效果。

　　创建调整图层的时候，默认会为图层添加一个蒙版。图层蒙版用来调整本图层的透明程度，或下一图层的可见程度。应用图层蒙版不会对当前图层的像素进行任何处理，是非破坏性编辑的方便途径。由于蒙版的灵活性，Photoshop高手经常将它用作创意处理的手段。

Photoshop CS5的"调整"与"图层"面板。"调整"面板中是一些常用的图像调整的预设项目，方便用户快速使用这些功能。图层面板中，可看到每一图层及其效果的缩略图，缩略图前面的眼睛图标表示是否可见，点击它，小眼睛图标不可见，则图层被隐藏。

图层面板下方的图标：1."链接"，如果同时选取了两个或多个图层，点击此符号则将它们建立"链接"关系，在移动、改变大小等的时候保持一致；2."图层样式"，选取一图层点此符号可以为它添加效果，比如"外发光"；3."蒙版"，创建图层蒙版；4."添加调整图层"，建立一个调整图层；5."新建图层组"；6."新建图层"；7."删除图层"，删除被选中的图层。

在此图像中，最上面的人物图层已被转换为"智能对象"，对它进行的滤镜处理也因此成为"智能滤镜"，它显示了滤镜效果，但原图上的像素并没有真的改变。

"图层样式"可通过"图层"菜单或"图层"面板调出。上图中，右侧第二栏显示了十种图层样式。

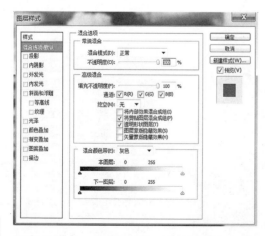

"图层样式"窗口，可选区"图层—图层样式"菜单下的"混合选项"调出，或从图层面板上调出。这个窗口的两个主要内容是"样式"与"混合选项"，大家可打开一幅包含图层的图像，选取一图层依次试用这一窗口中的功能，或许会得到意外的惊喜呢。

二、添加、编辑、修饰图层

（一）转换背景和图层

打开一幅普通照片，可见其只包含一个"背景"图层。在多图层图像中，"背景"位于"图层"面板最下方，一幅图像只能有一个背景图层，不能更改背景图层的顺序、混合模式或不透明度。不过，可以将背景转换为常规图层，然后更改这些属性。

将背景转换为图层的快捷方法是双击"图层"面板中的"背景"。

（二）创建图层

新创建或新加入的图层将出现在"背景"图层或"图层"面板中选定图层的上方，方法是：单击"图层"面板中的"新建图层"，或选取"图层—新建"菜单下的"图层"命令，可创建空白图层；打开一幅普通照片，按下"Ctrl+J"可将背景复制为新图层，选取一个图层，按下"Ctrl+J"可将其复制为新图层；在Photoshop CS5中已打开一张图像，从文件夹中把另一张图像拖进Photoshop窗口的工作区，则此图像会成为已打开图像的职能对象图层；打开两幅或多幅图像，可以将它们的图层从一幅直接拖到另一幅。

（三）合并和盖印图层

完成相关处理后，可以合并图层以缩小图像文件的大小。在合并图层时，顶部图层上的数据替换它所覆盖的底部图层上的任何数据，也就是说合并后的图像效果为顶部图层的效果。盖印图层则是将多个选取的图层合并为一个目标图层，同时使其他图层保持完好。

合并图层的其他命令：

"合并可见图层"将合并所有显示眼睛图标的图层，"拼合图像"会合并所有图层，使图像仅有一个"背景"——与图层有关的处理全部完成后可能执行这一步，然后作些微调后根据需要保存图像。

（四）属性与修饰

不透明度和混合 图层的整体不透明度用于确定它遮蔽或显示其下方图层的程度。不透明度为1%的图层看起来几乎是透明的，而不透明度为100%的图层则显得完全不透明。整体不透明度影响应用于图层的任何图层样式和混合模式，填充不透明度仅影响图层中的像素、形状或文本，而不影响图层效果（例如投影）的不透明度。

混合模式 图层的混合模式确定了其像素如何与图像中的下层像素进行混合。Photoshop CS5的混合模式很多，使用这些混合模式可以创建各种特殊效果。

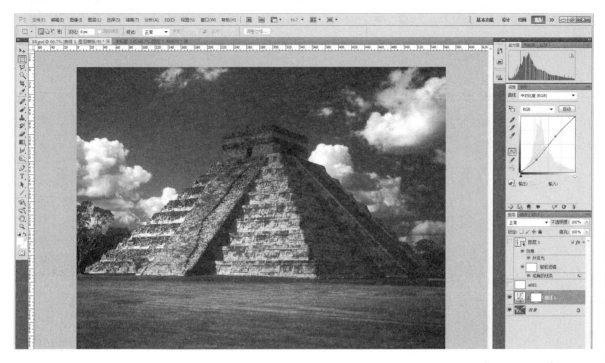

图层样式 Photoshop 提供了各种效果（如阴影、发光和斜面）来更改图层内容的外观。图层效果与图层内容链接。移动或编辑图层的内容时，修改的内容中会应用相同的效果。例如，如果对文本图层应用投影并添加新的文本，则将自动为新文本添加阴影。Photoshop将各种预设效果称为"样式"。不少Photoshop高手创作的特殊效果文字就是使用了各种"样式"的效果。

（五）创建和限制调整图层和填充图层

调整图层和填充图层具有的不透明度和混合模式选项与图像图层相同。可以重新排列、删除、隐藏和复制它们，就像处理图像图层一样。

创建调整图层：单击调整图标或在"调整"面板中选择调整预设；单击"图层"面板底部的"新建调整图层"按钮，然后选择调整图层类型；选择"图层"菜单下的"新建调整图层"，然后选择一个选项，命名图层，设置图层选项，单击"确定"。

创建填充图层：选择"图层"菜单下的"新建填充图层"，选择一个选项，命名图层，设置图层选项，"确定"；单击"图层"面板底部的"新建调整图层"按钮，选择填充图层类型为纯色、渐变或图案。

默认状态下，调整图层和填充图层都自动具有图层蒙版，由图层缩览图左边的蒙版图标表示。使用图层蒙版是为了限制调整图层和填充图层的应用区域。

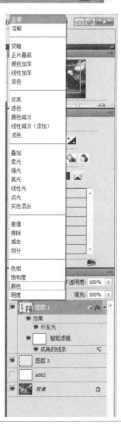

上图：调整图层实例，为背景图层添加了"曲线"预设中的"中对比度"。注意"调整"、"图层"面板中的缩略图。
中图：1. 点击此三角可调出下图中的图层"混合模式"下拉列表；2. 点击此三角可调出常用的图层编辑命令，包括"混合选项"等。
下图：各种图层混合模式，内容与"图层样式"窗口（上页图）中"常规混合"下的"混合模式"相同。

三、图层蒙版

可以向图层添加蒙版，然后使用此蒙版隐藏部分图层并显示下面的图层。蒙版图层是一项重要的复合技术，可用于将多张照片组合成单个图像，也可用于局部的颜色和色调校正。蒙版的原理是通过不同灰度控制被"蒙版"图层的透明度：白色为完全不透明（显示当前图层下面的图层则不可见），黑色为完全透明（当前图层不可见）、不同灰度的灰色则透明程度不同。

（一）添加图层蒙版

添加图层蒙版时，可以选择隐藏或显示所有图层，或使蒙版基于选区或透明区域。

添加图层蒙版的方法一：单击图层面板下方的"添加矢量蒙版"按钮，如果图像中没有选区，则会添加显示整个图层的蒙版，即蒙版全部为白色；如果存在选区，则添加蒙版后，原来的选取会显示，其他则会隐藏，即蒙版上选区内为白色、其他为黑色。方法二：选取"图层—图层蒙版"菜单下的命令，包括"显示全部"、"隐藏全部"、"显示选区"、"隐藏选区"，这四个比较常用也比较好理解，和我们上述操作类似；还有一个是"从透明区域"，如果当前图层存在透明区域，选择该命令则会添加一个显示当前图层透明区域以外的部分、隐藏透明区域，并且图层本身的透明区域被填充。

（二）编辑图层蒙版

在"图层"面板中，选择包含要编辑的蒙版的图层，单击"蒙版"缩略图使之成为现用状态（蒙版缩览图的周围将出现一个边框），选择任一编辑或绘画工具在图像上描绘：用黑色描绘则显示下面的图层（当前图层完全透明），用白色描绘则显示当前图层、用不同灰度描绘则控制当前图层的透明度。因此，可对当前图层任意局部的透明度进行精确控制。

在"蒙版"面板，可对蒙版的内容进行一些重要的编辑，比如羽化绘画（在蒙版上描绘的内容）边缘、调整其"浓度"（从白到黑的不同灰度）等。

要停用或启用图层蒙版，可单击蒙版缩略图使其处于先用状态，然后单击"蒙版"面板中的"停用/启用蒙版"按钮（"蒙版"面板下方的眼睛图标），蒙版缩略图出现红"×"则蒙版被停用，再点击"停用/启用蒙版"按钮则启用。也可以在选中蒙版后，选取"图层—图层蒙版"菜单中的"停用"或"启用"命令。

（三）用蒙版抠图

使用Photoshop抠图是一件非常实用的技术，抠图的方法也很多。对于复杂的图像来说，抠图过程中往往需要使用绘画工具一个像素一个像素的描画。这种情况下使用图层蒙版抠图，是比较理想的选择。这里的例子比较简单，大家可尝试使用同样的方法处理更复杂的图像。

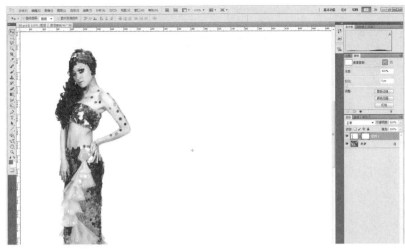

使用图层蒙版抠图。给人物照片换背景是一种常用技巧，这里的人物在简单白背景面前拍摄，我们将给她换上墨西哥古代的金字塔。首先，在Photoshop中打开这两幅照片，然后把人物照片拖入金字塔照片，得到一个包含两个图层的图像。

上图：为人物图层添加一个"显示全部"的蒙版，这时候蒙版是白色的，人物图层完全显示，下面的图层被遮蔽。

中图：选择"画笔"（工具面板上的毛笔图案）工具，设置前景色为黑色，用毛笔在图层上希望透明的部位涂抹。可先选择较大的笔触大致涂掉四周，然后用较小的笔触涂抹人物周围，越接近人物，笔触应该越小，最后可用到两三个像素的笔触精细涂抹。请注意操作步骤：1. 点击图层蒙版缩略图使其处于可用状态。2. 选择毛笔工具。3. 把前景色设置为黑色。Photoshop默认状态下的前景色、背景色是黑与白两种，单击此图标左上方带箭头的圆弧可切换前景与背景的颜色，单击前景或背景图标可更改其颜色。4. 在画面上单击鼠标右键，出现画笔属性调整窗口，可设置画笔大小等。5. 在需要透明的地方涂抹。

下图：完成后的效果。完成抠图后，可为人物换任何背景，只要将作背景的图像置于人物图层下方即可。

3　2　4　5　1

RGB颜色模式。在此模式下，Photoshop的"通道"面板显示四个通道：下面三个分别为红、绿、蓝三种颜色的通道，分别显示这三种颜色的明度；最上面为RGB复合通道，其实是红、绿、蓝三个通道的复合效果。如右图所示。

在通道面板上，点击红、绿、蓝三个通道中的任一个，只选中该通道，点击RGB通道的话则会选中所有通道。通道图标前面的眼睛图标表示该通道是否可见，如果去掉红色通道前面的眼睛图标，RGB通道前面的眼睛图标也会消失，因为这时候显示的是绿、蓝通道的复合图像；再去掉绿色通道前面的眼睛图标，则只有绿色通道可见，我们看到的是整个图像中绿色成分的明度。依此类推，可看到其他单色通道和复合通道。

上图从左到右依次为该照片红、绿、蓝颜色的灰度图像。

原照片为佳能相机官方样照。

第二节 通道的应用

一、通道概述

通道是核心，蒙版是灵魂——有人之所以这么认为，不仅是因为通道与蒙版在Photoshop中的地位，也是因为通过通道与蒙版的学习，有助于更好地理解Photoshop的技术概念与各种应用。

在Photoshop中，通道的作用主要用来保存颜色信息，当然也有别的通道，比如被广泛应用于建立和保存选区的Alpha通道。常见通道包括：

1. 颜色通道，即保存颜色信息的通道，这些通道把图像分解成一个或多个色彩成分，图像的模式决定了颜色通道的数量和性质，比如RGB模式有三个颜色通道，分别表示红、绿、蓝三种颜色的明度值；CMYK图像有四个颜色通道，表示青、品红、黄、黑四种颜色，用于印刷就是反映这四种颜色油墨的浓度；灰度图只有一个颜色通道等。

2. 专色通道，是一种特殊的颜色通道，它可以使用除了青、品红、黄、黑色以外的颜色来绘制图像，一般用于印刷调色。

3. Alpha通道，是一种特别的通道。这是不少Photoshop高手非常重视的通道，他们认为在Photoshop中制作各种特殊效果都离不开Alpha通道。它最基本的用处在于保存选取范围，并不会影响图像的显示和印刷效果。Alpha通道表示选择区域时与图层蒙版类似，白色代表选择的部分，黑色完全不选择，灰色则表示不同程度的不透明度。

Lab颜色模式。在此模式下，Photoshop的"通道"面板显示四个通道：下面三个分别为明度、a、b通道，最上面为Lab复合通道。如左图所示。

Lab颜色模式中，L表示明度，a表示从品红色至绿色的范围，b表示从黄色至蓝色的范围。L值由0到100，L=50时，就相当于50%的黑；a和b值都是由+127至-128，其中+127 a就是品红色，渐渐过渡到-128 a的时候就变成绿色；同样，+127 b是黄色，-128 b是蓝色。

因此在Lab颜色模式下明度通道保留了图像的最佳细节，于是在将彩色照片转换为黑白照片时，可采用直接抽取明度通道的方法。一些Photoshop高手也更喜欢在Lab颜色模式下调色。

上图从左到右依次为a、b、明度通道的灰度图像，这三个灰度图像按照Lab颜色模型即可合并为漂亮的彩色照片。

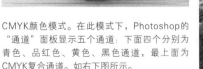

CMYK颜色模式。在此模式下，Photoshop的"通道"面板显示五个通道：下面四个分别为青色、品红色、黄色、黑色通道，最上面为CMYK复合通道。如右下图所示。

上图从左到右依次为青色、品红色、黄色通道，左下图为黑色通道的灰度图像。

二、Alpha通道抠图实例

前面学习过用图层蒙版抠图的方法，现在再来练习一下用通道抠图。此实例使用一张黄昏时候拍摄的大树照片，我们将把大树选取出来，为它换上一个蓝天白云的背景。具体步骤如图。

1. 在Photoshop中打开图片，打开"通道"面板，依次查看红、绿、蓝三个通道，选择对比度最强的通道，单击"通道"面板右上角的小三角选"复制通道"，或在"通道"面板该通道缩略图上单击鼠标右键选"复制通道"。这一步实际是把反差最强烈的通道载入Alpha通道。

2. 选中复制好的新通道，选取"图像—调整"菜单下的"亮度/对比度"，将它的对比度调整到黑白分明。

3. 仔细查看图像，如果白色部分（需要抠掉的部分）有黑色或灰色，用橡皮擦擦掉；黑色部分（需要保留的部分）有白色或灰色，用画笔工具填上黑色。

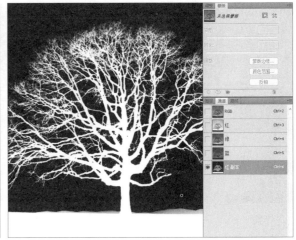

4. 选取"图像—调整"菜单下的"反相",使画面黑、白反转（左上图）。

5. 单击通道面板下方"将通道作为选区载入"按钮，或按下"Ctrl"键的同时单击该通道缩略图，通道的明度信息被转换为选区（右上图）。

6. 重要步骤：单击RGB通道选中它，打开图层面板，可以看到原图像上大树与大地均被选中（左中图）。

Alpha通道与图层蒙版中不同灰度的意义：白色，在Alpha通道中表示被选取，在图层蒙版中表示当前图层可见；黑色，在Alpha通道中表示不会被选中，在图层蒙版中表示当前图层不可见。灰色则表示不同程度的透明度。

7. 按"Ctrl+J"，将选区复制为图层，单击背景图层前面的眼睛图标使背景图层不可见，可以看到大树与大地单独成为新的图层（右中图）。

8. 抠图完成。打开需要更换为新背景的图像，使用移动工具把它直接拖到大树图中成为一个图层，将该图层调整到大树图层下方、调整其位置与大小，换背景工作完成。右图是为大树换上蓝天白云的背景。

曝光严重不足的照片，像素分布在阴影部分。

阴影为主但曝光正常，像素分布比较均匀。

曝光过度的照片，像素主要分布在高光部分。

不同影调照片的直方图

直方图是一个坐标图，其横轴表示不同亮度，左边最暗、右边最亮；纵轴表示细节丰富程度，某一亮度区域纵轴越高表示该区域细节越丰富。

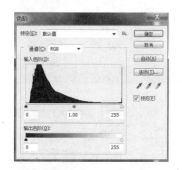

"色阶"调整窗口，也有一个色阶图，在"输入色阶"的色阶图下方有三个滑块，黑色滑块调整阴影部分，把它往右边移动，会使阴影部分加深；白色滑块调整高光部分，把它往左边移动会使高光部分更白亮；灰色滑块调整中间调，往左边移动会减少中间调的反差，往右边移动则加深中间调的反差。

通常使用方法为：如果色阶图两边出现空缺（如上图右边），将两边的滑块拉到包含细节的起点位置（如上图应将黑色滑块往右拉一点），然后拉动中间的灰色滑块调整图像反差到合适为止。可调整整个图像，亦可调整单个颜色通道，在"通道"下拉列表中选择。

要使用色阶功能，可选取"图像—调整"菜单下的"色阶"命令，或使用快捷键"Ctrl+L"调出，或直接使用"调整"面板的"色阶"预设等。

第三节 色阶及其他

在数码照片处理方面，Photoshop的核心任务是调整图像的色彩、反差、明暗，创造特殊的颜色效果等。实现这一任务的工具，基本上集中在"图像—调整"菜单下，以"色阶"、"曲线"、"色相/饱和度"等为代表，大部分也可在"调整"面板中找到。

一、直方图与色阶调整

（一）直方图

直方图用图形表示图像的每个亮度级别的像素数量，展示像素在图像中的分布情况。直方图的左侧部分显示阴影中的细节、中间部分显示中间调、右侧部分显示高光，低色调图像（曝光不足或低调照片）的细节集中在阴影处，高色调图像（曝光过度或高调照片）的细节集中在高光处，平均色调图像的细节集中在中间调处，全色调范围图像在所有区域中都有大量像素。识别色调范围有利于更好地调色。

（二）色阶与曲线

通过使用"色阶"调整图像的阴影、中间调和高光的强度级别，可校正图像的色调范围和色彩平衡。"色阶"直方图用作调整图像基本色调的直观参考。"曲线"可以调整图像的整个色调范围内的点（从阴影到高光），也可以使用"曲线"对图像中的个别颜色通道进行精确调整。不论"色阶"还是"曲线"，都可选择"自动"和一些"预设"项，也可把自己的处理保存为"预设"，然后应用到其他图片。

使用色阶与曲线的基本概念是设置"黑场"、"白场"与"灰场"。"黑场"与"白场"确定图像的整体亮度与反差，让该黑的地方黑、该白的地方白；"灰场"则用来调整图像的色彩还原，让应该是灰色的地方准确还原，则图像的其他颜色也基本准确了，与数码相机的白平衡原理差不多。在"色阶"与"曲线"的对话窗口，都会有黑、白、灰三个吸管，选用黑色吸管点击画面应该是黑色的地方可让它变成黑色，设置好"黑场"；用白色吸管点击画面应该是白色的地方可让它变成白色，设置好"白场"；设置"灰场"的方法则是用灰色吸管点击画面中应该是灰色的地方（即应该是RGB值相等），可调整图像的色彩还原，对白平衡不是很准确的照片相当有效。

为了改善调整效果，我们可以修改一下黑、白吸管的参数。方法是用鼠标双击黑色吸管图标，打开"更改目标阴影颜色"窗口，将RGB值都改为10（原来均为0）；双击白色吸管图标，打开"更改目标高光颜色"窗口，将RGB值都改为245（原来均为255）。

（三）亮度与对比度

如果图片的影调过于平淡，使用"亮度／对比度"工具直接调整其亮度与对比度，更容易得到理想的反差。该工具使用方法极其简单，一边调整一边看屏幕上的效果即可，就不再详细讲述了。

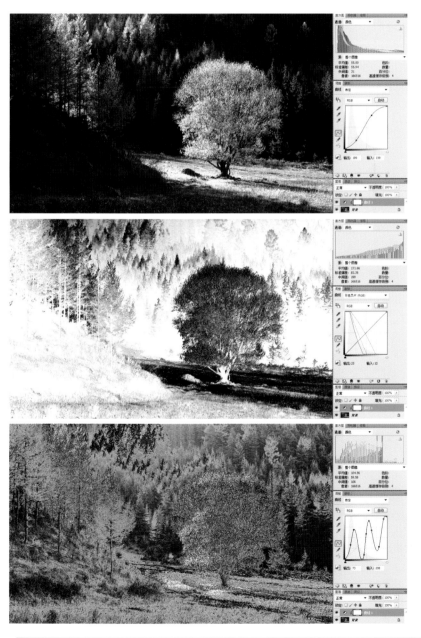

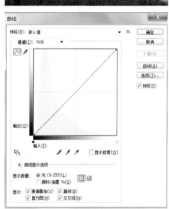

"曲线"对话窗口，最醒目的是一个坐标图，这个坐标图显示细节的分布情况，可选择是显示"光"（亮度）还是"颜料/油墨"的浓度。右下图是显示"光"，这时候坐标横向从左到右表示从明到暗的细节分布，纵向表示明暗的改变。因此把曲线往上拉图像变亮、往下拉图像变暗；曲线上可以增加节点因而能够在保持其他地方不变的条件下拉动任何特定部分：在左下方拉动曲线则改变阴影部分的亮度、在右上方拉动曲线则改变高光部分的亮度，如此等等。这就是"曲线"的灵活性。

右上图为原图，以此尝试几个"曲线"应用——左上图：希望加强对比度，于是用了"预设"中的"增加对比度"，觉得还不够，于是把阴影部分的曲线继续往下拉、高光部分往上拉了一点；左中图："彩色负片"预设；左下图：把"曲线"拉成两个半高峰和深谷，画面呈现出类似"中途曝光"的颜色效果。

用作练习的原图。此照片为柯尼卡数码相机KD-500Z官方样照。

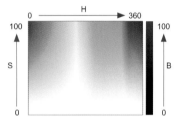

上图为HSB色彩模型，H为色相、S为饱和度、B为明度。下图"色相/饱和度"工具调整的就是这三个项目。

Photoshop CS5的"色相/饱和度"窗口，可调整全图的色相、饱和度、明度，亦可选择一种或多种颜色来调整这些项目。

右边的大图为人像调色实例。

右上图：打开图片，在"调整"面板选取"色相/饱和度"，选黄色，点选带加号的吸管，点击人物皮肤上的不同色调，然后调整色相、饱和度、明度使人物皮肤有"白里透红"的感觉，但依然比较真实。为使修改仅对皮肤有效，可将图层蒙版人物皮肤以外的部分涂成黑色。

右中图：用类似方法调整草地的颜色（操作过程的主要区别是选绿色、点击草地上的不同绿色），使之更深绿一些。

右下图：为了使人物显得更柔和，按"Ctrl+J"复制背景图层，并对该图层执行"滤镜—模糊"菜单下的"高斯模糊"（可做得非常模糊），然后将图层混合模式改为"滤色"（也可尝试其他模式），调节"不透明度"使效果最好。

二、颜色调整工具

（一）调整色相与饱和度

使用"色相/饱和度"，可以调整图像的色相、饱和度和亮度。在对话框中显示有两个颜色条，它们以各自的顺序表示色轮中的颜色，上面的颜色条显示调整前的颜色，下面的颜色条显示调整如何以全饱和状态影响所有色相。打开一幅纯色彩图像（比如纯红色），选择"图像—调整"菜单下的"色相/饱和度"，在对话窗口中大幅拉动"色相"调整项下的滑块，一边观察图像颜色的变化，以及对话窗口下面颜色条的变化，可加深对色相的直观认识。

使用色相/饱和度，通常是选取一种或几种特定颜色进行细微调整。比如要调整风光照片中的绿色，可在"色相/饱和度"对话窗口选择绿色，并用鼠标选择带加号的吸管，点击画面中的绿色，然后就可以对绿色部分的色相、饱和度、亮度进行精细的调整了。在Photoshop中，如果没有合适的插件，这是对图像的部分颜色进行精细调整的最好方法。

（二）自然饱和度

"自然饱和度"是一种比较可靠的色彩饱和度调整，对话框里面有两个调整项目："自然饱和度"和"饱和度"，其中"饱和度"与"色相/饱和度"命令中的"饱和度"相同。使用"饱和度"，如果调节到较高数值时，图像会产生色彩过于饱和而导致失真。"自然饱和度"则会在调节图像饱和度的时候保护已经饱和的像素，因此在大幅增加不饱和像素饱和度的同时，对已经饱和的像素只作很少、很细微的调整。需要对风景、人像进行逼真、细致的色彩饱和度调整时，可选择这一工具。

（三）替换颜色

使用"替换颜色"命令，可以将图像中选择的颜色用其他颜色替换，并且可以对选中颜色的色相、饱和度、亮度进行调整。在"色相/饱和度"工具中亦可进行类似工作，即不调整全图而是选择某种颜色来调整其色相、饱和、亮度，但是"替换颜色"窗口多了一个"颜色容差"参数设置，因而使调整更灵活。如果希望调整只对图像的局部生效，可以复制图层进行处理，然后添加"显示全部"图层蒙版，在蒙版上将不需要应用"替换颜色"处理效果的部分涂上黑色。

（四）调整色彩平衡

对于严重偏色的图像，可使用"色彩平衡"工具进行调整。色彩平衡对话窗口有三个调整滑块，一个调整青色与红色、一个调整品红色与绿色、一个调整蓝色与黄色。其工作原理与彩色扩印中的焦色差不多，比如增加蓝色其实就是减少黄色。

请注意"色彩平衡"对话窗中"色调平衡"下面的几个选项，其中"保持明度"一般来说是应该选中的；而"阴影"、"中间调"、"高光"是三选一，选中哪一个则调整哪一个色调范围的颜色，比如选中"高光"则调整高光范围的颜色。这对于图像处理非常有用，因为很多图像在不同色调部分的色彩倾向是不一样的。

"自然饱和度"对话窗口，可同时调整自然饱和度与饱和度。

"替换颜色"对话窗口，利用此工具可轻易把树的绿叶变成红叶。

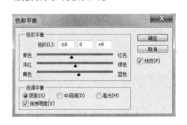

"色彩平衡"对话窗口，请注意"阴影"、"中间调"、"高光"这三个选项。

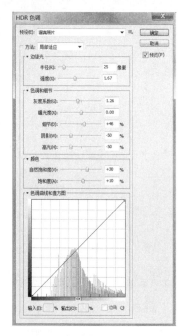

"HDR色调"对话窗口，选择"局部适应"方法时有多项调整。

"阴影/高光"对话窗口，一般主要使用阴影、高光、中间调对比度三个项目。

"曝光度"对话窗口，该功能用于调整曝光不准确的照片很有效。

三、更多调整工具

（一）调整高光与阴影

"阴影/高光"工具适用于调整阴影太黑、高光太白以及反差过大的照片。数码摄影中采取对高光优先精确曝光的方法拍摄，然后在Photoshop中使用"阴影/高光"工具提亮阴影部分，是一种比较好的方法。

"阴影/高光"不是简单地使图像变亮或变暗，而是使阴影部分变亮、高光部分变暗，并且可控制中间调的反差。对话窗口主要项目包括："色调宽度"，控制阴影或高光中色调的修改范围；"半径"，设置的数值会改变调整的影响范围；"色彩校正"，可对颜色进行微调；"中间调对比度"，调整中间调反差；"修剪黑色"和"修剪白色"，指定在图像中会将多少阴影和高光剪切到新的极端阴影（色阶为0）和高光（色阶为255），值越大，生成的图像的对比度越大。

（二）"HDR 色调"

"HDR色调"工具，可用来修补太亮或太暗的图像，制作出生动的图像效果。它与HDR合成照片不同，但也比较复杂。选取"图像—调整"下的"HDR色调"命令，在对话框中看到，它其实是一个多种功能的集合体。对话框最顶上是"预设"，包含"平滑"、"单色"、"逼真照片"、"超现实"等十几种，我们可以打开一张照片，逐一试验这些预设看出现什么效果。接下来是"方法"，有"曝光度与灰度系数"、"高光压缩"、"色调均化直方图"、"局部适应"四种，其中"局部适应"最复杂，包含了"边缘光"、"色调和细节"、"颜色"、"直方图"等调整项目与工具。我们也可以打开一张照片，选择"局部适应"，一一调节这些参数，慢慢摸索自己需要的效果。笔者的体会是，使用这一方法调整风光照片，很容易获得细节突出的艳丽效果。

（三）曝光度调整

"曝光度"工具适用于调整HDR图像的色调，但它也可用于8位和16位图像。"曝光度"对于调整曝光不准确的照片效果比较好。需调节的参数："曝光度"，就像调整照相机的曝光度一样，但比直接调整亮度效果更好；"位移"，使阴影和中间调变暗或变亮，对高光的影响很轻微；"灰度系数"，使用简单的乘方函数调整图像灰度系数，调节其参数对图像影响较大。此外，"曝光度"对话窗口也有黑、白、灰三个吸管，与色阶、曲线工具中的吸管类似。

使用"HDR色调"中的"逼真照片"预设调整，左图为原图局部，右图为调整效果。

第四节 选择的艺术

在前面有关图层蒙版、通道等概念的学习中，我们已经接触到"选择"的概念。所谓选择，就是使用某种方法选择图像的一个局部或一种颜色，然后对选区进行各种处理而保持选区之外的像素不会有改变。在数码图像处理中，对局部处理经常会碰到，选择因此极为重要。

一、选区的建立与编辑

Photoshop 提供了单独的工具组用于建立选区。例如，若要选择像素，可以使用选框工具或套索工具。可以使用"选择"菜单中的命令选择全部像素、取消选择或重新选择。使用框选工具的时候，在图像上选区外面单击鼠标亦可取消选择。选取"选择"菜单下"重新选择"可恢复上一步被取消的选区。"取消选择"、"重新选择"的快捷键分别是"Ctrl+D"、"Shift+Ctrl+D"。要把选区与未被选择区域互换，可选取"选择"菜单下"反向"。要在整个图像或选定区域内选择一种特定颜色或颜色范围，可以使用"选择"菜单下的"色彩范围"命令。

建立选区后，还可以对选区进行修改。"选择—修改"菜单下总共有五个项目："边界"、"平滑"、"扩展"、"收缩"、"羽化"，其含义基本上都可以从字面上理解。其中"羽化"比较特别，它是对选区边缘进行透明处理，由选区向外逐渐减少选择的程度，使选区和非选区有一个渐变连接，显得比较柔和。

要选择矢量数据，可以使用钢笔工具或形状工具，这些工具将生成名为路径的精确轮廓。可以将路径转换为选区或将选区转换为路径。

可以复制、移动和粘贴选区。使用选择工具可以在画面上拖动选区，甚至把选区拖到另一张照片。

一幅红背景前面拍摄的青花瓷罐照片，我们将用它来学习各种选择工具的应用，最终设计制作一个明信片封面。

左上图：框选工具，有矩形、圆形等。选取该工具在画面上画框，框内即被选中。如果拖动鼠标画框的同时按住Shift键，则描绘出正方形、圆形选区。

右上图：套索工具，包括套索工具（自由描绘）、多边形套索工具（以线段方式描绘）、磁性套索工具（自动识别、适应边缘）。此图由于红背景跟青花瓷之间反差明显，使用磁性套索工具沿瓷罐边缘快速描画，很容易地就将它选择出来了。

左下图：使用框选、套索等工具的时候，属性栏的这几个图标表示建立选区的方式：1. 新选区，2. 添加到选区，3. 从选区减去，4. 交叉选区。这使得对选择的控制很灵活。

魔棒工具和快速选择工具。选取魔棒工具在画面某处单击，类似色彩区域会被选中；快速选择工具与魔棒相似，但可在画面拖动以扩展选区。

选取类似色，执行"选择"菜单下的"色彩范围"命令，在对话窗口选带加号的吸管点击要选择的颜色，可选取这些颜色范围。

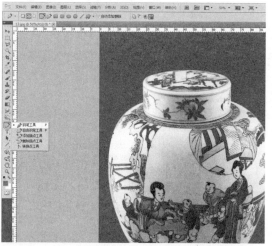

1.在工具面板选取钢笔工具，沿罐子边缘一点一点地勾画过去。

2.最后勾画到起点位置，形成封闭的路径。

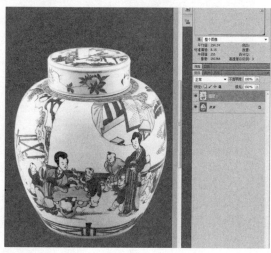

3.打开路径面板，按路径面板右上角小三角选"将路径转换为选区"。

4.按"Ctrl+J"，选区被复制为图层，抠图完成。

二、与选择有关的重要操作

（一）移动工具与选区

在画面上建立选区，选取工具面板最上方的"移动"工具，即可以拖动被选取的画面内容，并且可以对其进行自由变换操作，与对图层的选取与变形操作相类似。多数情况下可以先将选区复制为图层再进行操作，但在一些比较简单的情况下，比如把选择的图像内容直接拖到另一幅图片，或者对整幅图片进行自由变换操作（比如校正建筑照片的倾斜与变形），使用移动工具对选区直接进行操作要快一些。

（二）选区与粘贴等

Photoshop"编辑"菜单下的"剪切"、"拷贝"、"粘贴"等是比较常见的，图像上存在选区的时候，"剪切"是把选区内容剪下来（选区内变为透明或被背景色代替），"拷贝"是把选区内容复制下来，"粘贴"是把剪切或拷贝到剪贴板上的内容贴到图像中。而"选择性粘贴"则比较重要，有三项："原位粘贴"，是粘贴到剪切或拷贝来源的同一位置；"贴入"，粘贴到选区内部；"外部粘贴"，粘贴到选区以外的位置。

粘贴到图像上的内容都成为新的图层。"贴入"与"外部粘贴"的要点，是粘贴后，Photoshop会为新的图层创建图层蒙版，"贴入"，图层蒙版使新图层仅在原选区内可见，"外部粘贴"，图层蒙版则使新图层在原选区内不可见。

（三）选区与 Alpha 通道

可以将选区存储在Alpha通道中。Alpha通道将选区存储为称作蒙版的灰度图像：黑色表示图像的未选定部分，白色表示选定部分，不同程度的灰色表示不同程度的选择——选区将以不同的透明度显示出来。可以对Alpha通道进行编辑，通过修改灰度图来改变选择的范围与程度。这对于复杂的选择操作很有用。

在图像上建立选区，选取"选择"菜单下的"存储选区"，或者单击"通道"面板下方的"将选区存储位通道"按钮，可以将选区存储到Alpha通道；选取"选择"菜单下的"载入选区"，或者单击"通道"面板下方的"将通道作为选区载入"按钮，或者按住Ctrl键的同时单击通道面板中的Alpha通道缩略图，可以将通道载入到选区。我们在"通道"一节学习中的抠图练习，就是使用了这个方法。

用移动工具简单调整图像变形。

左图：打开图片，按"Ctrl+A"全部选择，选用移动工具，勾选属性栏上的"自动选择"、"显示变换控件"，图像四周出现一个方框，并且可用鼠标随意拉动。

右图：注意方框上的小方框，拉动四角上的小方框可以缩放，按住"Shift"键的同时拉动为等比例缩放、按住"Ctrl"键的同时拉动为变形；四边中间的小方块则可旋转画面。

上图为调整前后对比。

三、明信片封面设计制作实例

准备材料：制作一个底纹、准备封面要用的磁罐图片

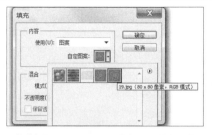

1. 打开祥云图像（或其他要用的图案），选"编辑"菜单下的"定义图案"。

2. 新建文件，"2000X2000"像素，选"编辑"菜单下的"填充"，选择刚才定义的图案，确定。

3. 底纹素材完成，如上图。

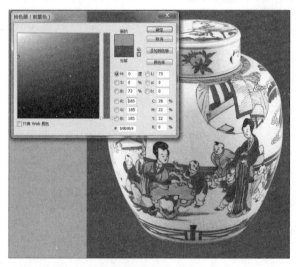

4. 打开红背景瓷罐照片，用前面介绍的选择或路径方法完成抠图。然后双击工具面板下方的前景色按钮，在上图的对话窗口将R、G、B的值全部改为185（浅灰色），用同样方法将背景色的R、G、B值都改为254（白色）。

5. 使用渐变填充工具，选择从前景色到背景色的渐变，选背景图层，用鼠标垂直划线填充渐变色。

6. 新建一图层，画一大小合适的椭圆，羽化36个像素，填充深灰色，取消选择，调整大小、位置与透明度作阴影。完成后合并图层。

制作过程

1. 新建一个文件，设定大小为120X180mm，分辨率为300像素/英寸保存系统，背景内容为白色。（上图）

2. 根据版面安排，在画面中确定瓷罐图像放置位置，用矩形选框框好框。（右图）

为了定位准确，可用移动工具从左边和上边的标尺位置拉出辅助线，用辅助线分割好版面后，再用矩形选择工具画选区框时，选区框线会自动对准辅助线。

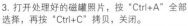

3. 打开处理好的磁罐照片，按"Ctrl+A"全部选择，再按"Ctrl+C"拷贝，关闭。
回到新建图像，选"编辑—选择性粘贴"下的"贴入"，瓷罐被贴入选框内部，调整其大小与位置。

4. 打开底纹图片，按"Ctrl+A"全部选择，再按"Ctrl+C"拷贝，关闭。
回到新建图像，按住Ctrl键的同时点击一下图层面板上瓷罐图层的蒙版图标使选框重新出现；选"编辑—选择性粘贴"下的"外部粘贴"，底纹被贴到选框周围，调整其大小与位置。

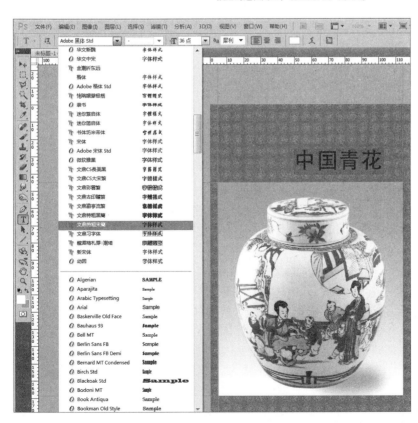

5. 选文字工具，在适当位置添加"中国青花"四字，为它选一种合适的字体，调整大小、颜色与位置。更改颜色的方法，使用文字工具把文字全部选中，然后在色版上点击什么颜色文字就会改为什么颜色，或者选中文字后点击工具面板上的前景色图标选取颜色；除了字体一定要在属性栏或文字面板上更改，也可选移动工具，把它当普通图层一样调整大小等。
用同样方法添加其他文字，完成效果如右图所示。

高斯模糊，半径越大模糊程度越大。

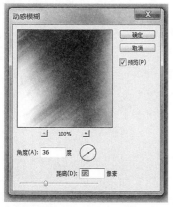

动感模糊，可模仿追随拍摄的效果，可控制动感线方向和模糊程度。

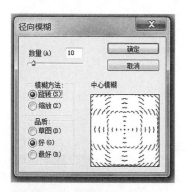

径向模糊，可选择旋转或缩放效果，可控制模糊程度、指定模糊起始点。

第五节 模糊与锐化技术

数码照片处理中，模糊与锐化都是非常重要的。使用这种技术可以对画面焦点进行精确的控制，使图像得到最好的细节表现，并且因画面清晰与模糊的对比产生更强大的视觉冲击。

一、模糊的技术

（一）模糊滤镜解析

"模糊"滤镜柔化选区或整个图像，这对于修饰非常有用。Photoshop CS5"滤镜—模糊"菜单下有 11 种模糊滤镜：

"平均"，该滤镜会找出图像或选区的平均颜色，然后用该颜色填充图像或选区以创建平滑的外观。例如，如果选择了草坪区域，该滤镜会将该区域更改为一块均匀的绿色部分。

"模糊"和"进一步模糊"用于在图像中有显著颜色变化的地方消除杂色，"模糊"滤镜通过平衡已定义的线条和遮蔽区域的清晰边缘旁边的像素，使画面显得柔和；"进一步模糊"滤镜的效果比"模糊"滤镜强三到四倍。

"方框模糊"基于相邻像素的平均颜色值来模糊图像，可以调整用于计算给定像素的平均值的区域大小，半径越大，产生的模糊效果越好。

"高斯模糊"使用可调整的量快速模糊选区。使用方法与"方框模糊"类似，但一般认为处理照片效果更好，大多数照片处理都采用此滤镜创建模糊效果。

"镜头模糊"向图像中添加模糊以产生更窄的景深效果，以便使图像中的一些对象在焦点内，而使另一些区域变模糊。该滤镜可结合蒙版使用，方法比较复杂。如果耐心地建立一个层次丰富的选区（在蒙版内以不同的灰度来控制），基本可以模拟镜头实际拍摄的景深效果。

"动感模糊"沿指定方向（–360 度至 +360 度）以指定强度（1 至 999）进行模糊，效果类似于以较长的曝光时间给一个移动对象追随拍摄。

"径向模糊"模拟缩放或旋转的相机所产生的模糊，产生一种柔化的模糊。在"径向模糊"对话窗口，选取"旋转"，沿同心圆环线模糊；选取"缩放"，沿径向线模糊，效果类似于以较长的曝光时间一边拍摄一边变焦。模糊的品质范围从"草图"到"好"和"最好"。通过拖动"中心模糊"框中的图案，指定模糊的原点。

"形状模糊"使用指定的内核来创建模糊，从自定形状预设列表中选取一种内核，并使用"半径"滑块来调整程度。半径决定了内核的大小，内核越大，模糊效果越好。我们知道折返镜头会把光斑模糊成一个虚化的圆圈，使用"形状模糊"滤镜可以轻易模拟这种效果。

"特殊模糊"精确地模糊图像。可以指定半径、阈值和模糊品质。

"表面模糊"在保留边缘的同时模糊图像。

（二）模糊滤镜应用实例

模糊滤镜是Photoshop中常用的特效工具，我们在处理图像时经常会用到。其中高斯模糊是最常用的，使用也比较简单；表面模糊我们会在后面的实例中用到。这里先介绍一下形状模糊与镜头模糊的使用方法。

"形状模糊"滤镜

拍夜景的时候，有些摄影师喜欢用一张卡纸上剪一个心形通光孔遮在镜头前面，把背景里一些点状光源在照片上虚化成心形光斑。现在，我们可以通过形状模糊滤镜实现这种效果。

左为原图，画面含有许多点状光。

操作方法：在Photoshop中打开文件，执行"滤镜—模糊"菜单下的"形状模糊"滤镜，选择心形图案，调整半径使画面上的点状光斑虚化为心形。（中图）

因为形状模糊对整个图像模糊程度较大，可将原图复制为图层，添加图层蒙版，在蒙版上把希望保持清晰的部分涂上黑色。

"方框模糊"滤镜

"方框模糊"可视为一种单独的形状模糊滤镜，即可选的形状只有方框。下图为方框模糊滤镜界面与效果。

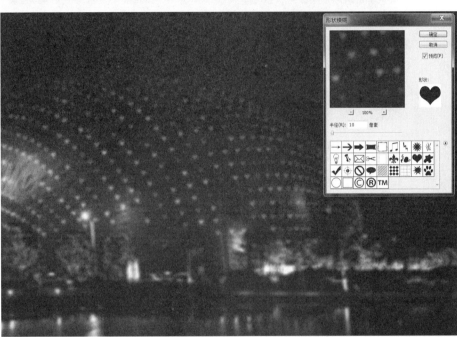

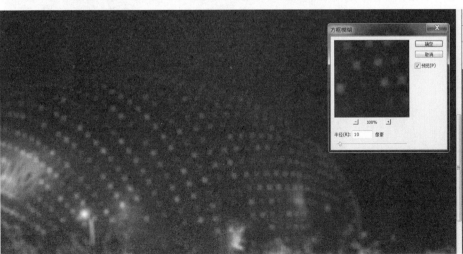

"镜头模糊"滤镜

镜头模糊中模糊程度的控制通过对画面远近的渐进选择来实现,模糊样式则由该滤镜的多项参数来调节。

操作步骤:

1. 这是一张草原背景前面的美女照片,如用大光圈镜头拍摄,保持美女清晰,背景的草原应该由近到远变得模糊。根据这种情况复制背景为图层,添加图层蒙版,填充由下到上的黑白渐变,并且将主体位置精确描绘黑色。(左图)

2. 点击一下图层缩略图(不是蒙版缩略图)使图层选中,选取"滤镜—模糊"菜单下的"镜头模糊",在"深度映射"下的"源"项目中选"图层蒙版",调节半径数值控制模糊程度。(下左图)

尽管其他选项使用默认参数亦可,但练习过程中尝试改变一下它们的参数看看效果,还是很有益处的。

3. 下右图为完成后的效果。

二、锐化技术

（一）锐化滤镜解析

"锐化"滤镜通过增加相邻像素的对比度来使模糊的图像显得更清晰。Photoshop CS5"滤镜—锐化"菜单下有五种锐化滤镜：

"锐化"、"进一步锐化"，"锐化"滤镜可以通过增加相邻像素点之间的对比，使图像显得清晰，画面更加鲜明；"进一步锐化"滤镜可以产生强烈的锐化效果，用于提高对比度和清晰度。

"锐化边缘"和"USM锐化"，都是查找图像中颜色发生显著变化的区域（画面中的细节或有明显边界的区域），然后将其锐化。"锐化边缘"滤镜只锐化图像的边缘，同时保留总体的平滑度；"USM锐化"滤镜的不同之处在于可以通过相关参数的调节，调整边缘细节的对比度，并在边缘的每侧生成一条亮线和一条暗线，使边缘更突出，造成图像更加锐化的错觉。

"智能锐化"通过设置锐化算法或控制阴影和高光中的锐化量来锐化图像，Photoshop对一般新手推荐这一锐化方法。

（二）使用锐化滤镜的一些技巧

在使用锐化滤镜的时候，应选择可调节参数的滤镜，如"USM锐化"之类。应该把图片放大到100%以便预览效果，没有把握的情况下可以把参数设置小一些，完成后如果觉得锐化强度不够，可按"Ctrl+F"再做一遍，还不够的话再重复，直到觉得合适为止。这样做比直接用大参数一次性完成要精确一些。

锐化并不会增加图像的细节，它只会使图像看起来更"清晰"一些，并且容易产生噪点。为避免噪点，获得更自然的锐化效果，可以在Lab颜色模式下对明度通道，或者在CMYK颜色模式下对黑色通道执行锐化，即使强度比较大也会得到更自然的效果。

上图：智能锐化，对处理摄影照片相当好。
右图：USM锐化，使用最广泛的Photoshop滤镜之一，锐化图片更容易精确控制效果。

在一般情况下，使用这两种锐化滤镜最主要的调节参数是数量与半径（智能锐化还包括"移去"后面的选项，如照片中有镜头模糊则选"镜头模糊"）。对于一千万像素左右的常规图片，建议数量设置在90左右、半径在1以内。尽量使用较小的参数设置，完成后如果锐化程度不够，可以保持原有参数再重做一次或几次。

（三）极致的边缘锐化

在学习锐化滤镜的过程中，我们发现，一方面锐化的首要目标是对图像中边界的锐化，锐利的边界给人带来图像非常清晰、有力的感觉；另一方面，过度的锐化常常会增加画面的噪点。因此锐化的关键是寻找图像中的边缘成分，Photoshop中不但有专门的"锐化边缘"滤镜，其他锐化滤镜也往往以加强边界的对比度与锐利度为重点。

但这还是不够的。为了更好地发挥锐化滤镜的威力，我们可以采取这样的思路：由用户手动寻找图像中的边界成分，将它选取出来，仅对这些边界成分执行锐化，而画面中比较平滑的部分则不受影响。这样可以实施较大的锐化力度而不至于对总体画面造成损伤，使画面显得更清晰锐利而又自然。

实施这一思路的方法很多，我们在这里介绍的方法是将图像本身的边界成分强化出来，然后用通道方法选取边界。这种锐化方法非常适合细节丰富的图像，包括工作时拍摄的产品等。

え上页图 ① ② ③   下页图 ⑥
④ ⑤   ⑦
⑧ ⑨

极致的边缘锐化操作步骤：

1. 原图，上海博物馆收藏的一幅古代佛像。

2. 打开通道面板，查看各通道的灰度图，哪个通道细节最丰富、反差最好即选用哪个通道。这里是绿色通道，在绿色通道缩略图上单击鼠标右键，选"复制通道"。

3. 我们得到一个名为"绿副本"的Alpha通道，对该通道执行"滤镜—风格化"菜单下的"查找边缘"。

4. 再执行"高斯模糊"滤镜。

5. 使用"色阶"工具，调整黑色、灰色滑块使图像的边缘部分显得更黑。

6. 将通道载入选区。再选取"选择"菜单下的"反向"。这之后要记得点击RGB通道回到图像的正常模式。

7. 打开图层面板，按"Ctrl+J"复制图层。点击背景图层缩略图前面的眼睛图标使背景图层不可见，可以看到新复制的图层仅包含图像中的边缘成分。

8. 对新复制的图层执行"USM锐化"。完成后可拼合图层。

9. 完成后的效果。

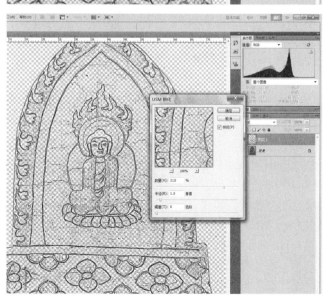

美女照片的模糊与锐化处理。基本思路是模糊其皮肤、锐化头发、眼睛等需要细节表现的部分，使画面更动人。左边的两张小图为原图和处理后的效果图。

操作步骤：

右上图：在Photoshop中打开图片，查看它的每个通道，发现红色通道中画面的皮肤与其他部分之间的区别最明显，于是用这个通道来分离皮肤与其他部分。方法是通过载入选区复制两个新图层：第一个是把红色通道载入选区；点RGB通道回到全图，打开图层面板，按"Ctrl+J"复制选取为新图层。第二个则多了"反向"选择：选择背景图层，打开通道面板，再将红色通道载入选区；回到RGB通道，回到图层面板，选取"选择"菜单下的"反向"，按"Ctrl+J"复制新图层。

右下图：这样我们就得到了两个新图层，一个是以人物的皮肤为主要成分的图层，对该图层执行"表面模糊"滤镜，如图所示；另一个则是以头发等细节丰富的部位为主要成分的图层，对它执行"USM锐化"滤镜。最后合并图像略加调整即可。

三、选择性模糊与锐化

不少摄影师对中长焦镜头的要求，往往用"焦外像奶油般化开、焦内像刀削般锐利"，说明我们对图像的模糊与清晰有着双重要求：该模糊的地方虚化得漂亮，该清晰的地方则非常锐利。一般来说都是要求图像细节突出部分清晰而平滑表面模糊，因此在进行图像处理的时候其关键就是把画面上表现细节的各种边界选取出来进行锐化，平滑表面选取出来进行模糊。尽管Photoshop的"表面模糊"滤镜会自动避免对边界的模糊，但我们在应用中采取稍稍复杂一些的方式，让滤镜主要在画面中的平滑表面部分执行，效果也会更好。

第六节 历史记录

一、历史记录解析

（一）历史记录面板

历史记录是 Photoshop 保留的图像处理过程中若干步骤状态的记录，设置记录步骤的多少可选取"编辑—首选项"菜单下的"性能"命令，默认设置为 20。记录的步骤数越多，对电脑的内存等性能要求越高。

在 Photoshop 工作窗口，历史记录显示在"历史记录"面板。每次对图像应用更改时，图像的新状态都会添加到该面板中。在"历史记录"面板上点击哪一记录步骤，图像就会恢复到该步骤的状态。如果从该步骤状态进行新的处理，则原来该步骤以后的记录将被删除，新的操作步骤被记录到"历史记录"面板该步骤后面。

在"历史记录"面板最底下有一个照相机图标，为"创建新快照"按钮，点击它会为所选步骤或最新步骤的状态建立快照。快照可理解为比较特别的历史记录，并且它不会因为操作步骤多而被丢失。快照缩略图位于"历史记录"面板上方，打开照片时，会为照片的原始状态建立快照。如果对一幅照片的操作步骤很多，对重要步骤建立快照，可提供很多方便，比如可轻松对比各种处理效果。

（二）历史记录画笔

历史记录画笔用于将图像的一部分恢复到以前的状态。历史记录画笔同样是画笔，可设置笔触样式与大小、混合模式、不透明度等；作为

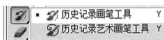

历史记录面板（上图）与历史记录画笔（下图）。在历史记录面板上，用鼠标点到某一步骤，当前图像就会恢复到该步骤的状态，也就是可以反悔；历史记录画笔需要与历史记录面板配合使用，点击历史记录面板快照或步骤记录前面的小方框使该方框内出现历史记录画笔图标，则该快照或该步骤成为历史记录画笔的"源"，如上图的"源"是照片开启的原始状态。

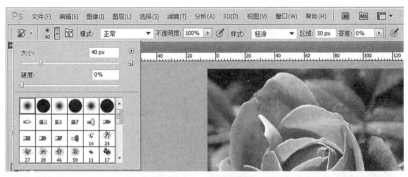

和一般画笔工具一样，我们可以设置历史记录画笔的笔触大小、硬度、笔触样式，以及它的工作模式、透明度等。

历史记录艺术画笔是一种比较特殊的工具，与历史记录画笔一样也是使用历史记录面版中的"源"来作为墨水，但它采用很独特的艺术风格来描绘，并且因笔触大小、样式（属性栏上的"样式"）等参数的不同，效果也不相同，涂抹方向、力度等也对效果有很大影响。在这里使用上图所示的参数设置，用历史记录艺术画笔涂抹一朵茶花，效果如右下图所示。

画笔就需要墨水或者说一个"源"，历史记录画笔的"源"在"历史记录"面板上，默认状态是图像的原始状态。在"历史记录"面板上点击任一步骤或快照前面的方框，该方框内出现历史里记录画笔图标，表明用历史记录画笔在图像上涂抹时即恢复到该步骤或快照的状态。

由于可以设置混合模式、不透明度等参数，历史记录画笔在应用上就具有很大的灵活性，可以很方便地处理图像局部，甚至获得特别效果。简单地说，通过对历史记录面板上的步骤记录与快照直接选取，我们可以"吃后悔药"；采用历史记录画笔，则可以局部"反悔"。我们常见的一些在整体黑白画面上存在局部彩色的照片，使用历史记录画笔可以非常轻松地做到：打开照片，去色，使用历史记录画笔在需要保留彩色的部分涂抹即可。

历史记录画笔在工具面板中选取，工具组中包括"历史记录画笔"工具和"历史记录艺术画笔"工具。"历史记录艺术画笔"可以用来创建一些非常"艺术"化的效果，如果有足够的细心与耐心调整其参数反复试验，完全可以用照片创作出高水平的绘画作品来。

"历史记录艺术画笔"工具使用指定历史记录状态或快照中的源数据，以风格化描边进行绘画。"历史记录艺术画笔"工具同样将指定的历史记录状态或快照用作源数据，但是它在使用这些数据的同时，还创建了不同的颜色和艺术风格。对"历史记录艺术画笔"影响最大的属性是"样式"，当然其他项目比如笔触大小与样式等影响也很大，用户涂抹的方向、力度也对最终效果有很大影响。

使用历史记录画笔进行局部处理。在这个暗淡的照片上，我们希望实现"局部阳光照射"的效果。操作步骤：
上左图：打开照片。
上右图：按"Ctrl+L"调出"色阶"命令，把图像调亮。
然后在历史记录面板上，点击"色阶"步骤前面的小方框把它定义为"源"，返回到开启步骤，用历史记录画笔在需要"照亮"的地方涂抹。
下图：随意涂抹两笔的效果。

在这里，我们是将新步骤定义为"源"，再返回到开启状态进行涂抹。灵活性在于，历史记录面板上的任何一步都可以被定义为"源"，用户可以回到任何一个步骤，然后用这个"源"开始处理。

二、历史记录画笔磨皮实例

一般时尚杂志上的美女照片都经过"磨皮"处理，为女顾客拍摄人像写真照片当然也需要将她的皮肤磨得很光滑。"磨皮"的方法很多，前面练习使用的"表面模糊"滤镜，就可以说是在磨皮。如果将"表面模糊"与历史记录画笔工具相结合，会取得更精细的效果。步骤如图所示。

用历史记录画笔磨皮：

上左图：原图。

上右图：在Photoshop中打开照片，执行"表面模糊"滤镜，在历史记录面板上点击表面模糊步骤前面的方框。

选取历史记录画笔，注意把它的透明度值改小——数值越小，对效果的控制越精细，当然需要涂抹的次数越多（越耗精力与时间，为了偷懒处理此图时设置了30%）。然后，在画面上需要磨皮的部位涂抹。要注意区分轻重，比如脸颊部位可能需要重度磨皮，多涂抹几次；嘴唇则只要稍稍涂抹一下就可以了。

左图：完成后的效果。

完成磨皮后，可对头发等进行锐化以取得更好的整体效果。使用历史记录工具处理的步骤是：执行USM锐化，将USM锐化步骤定义为新的"源"，回到磨皮完成时的状态，使用历史记录画笔（可设置较大的透明度值）在需要锐利的部位涂抹。

林林拍摄的这张照片，使用了尼康D700相机的RAW格式，因此我们在尼康RAW专业处理软件Capture NX 2中进行最初的处理。该软件属于商业软件，但功能非常强大，不少用户认为此软件是尼康这个数码相机品牌的一个优势。

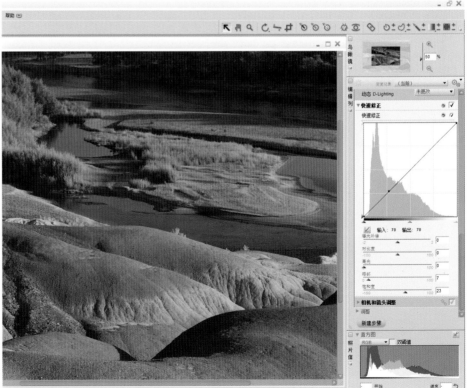

Chapter 3
第三章 数码照片的基本处理

第一节 处理RAW文件

一、RAW文件概述

　　RAW文件是数码相机曝光后记录的原始数据文件，所记录的数据包括照射到感光单元（像素点）上光线的强度，以及一些由相机所产生的元数据（比如相机的ISO设置、快门速度、光圈值、白平衡等）的文件。严格意义上说RAW文件并不是图像文件，而是一个数据包。它是和硬件密切相关的，如果不知道感光元件的物理参数（比如滤色镜排列等），就无法将它转换成图像，所以需要用专门的处理软件将它转换为通用格式的图像文件。

　　对于有一定基础的摄影者来说，使用RAW文件可以最大限度地保证图像质量。可以这样说，RAW文件格式是数码摄影的"专业胶片"。首先，它是一种"无损"文件格式，对RAW文件的操作，每一步都是可逆的，不会因为操作失当影响图像质量；其次，RAW文件包含了最完整的信息，对一个RAW文件所记录的图像信息，在专用处理软件中可以进行多种操作，对比度、饱和度、白平衡、曝光补偿等选项，如果在照相机上设置并用其他格式拍摄，拍摄完毕后基本上就不能更改，但用RAW文件格式拍摄，则可在后期处理中随意设置，比如仅白平衡一项，RAW文件所拍摄的一张照片就同时可以输出灯光型胶片、日光型胶片等等的效果，这在传统摄影时代是绝对不可思议的。

　　RAW文件的另一优势，是后期调整的余地较大。比如曝光调整，对曝光不准确的照片，如果用JPEG格式拍摄，在后期处理中增加半档曝光基本上看不出对图像质量有影响，而用RAW文件格式，这个范围可增加到一两档。尽管使用RAW文件并不能增加图像的解析度，但是由于各项参数可调整余地大，尤其不像JPEG格式是采取"有损"压缩方式，结果最后往往是用RAW拍摄的图像细节表现更好。当然，随着Photoshop等专业图像处理软件的发展，对JPEG格式文件的调整余地也有所增大。

　　在某种意义上，使用RAW文件与摄影师的关系更大。处理RAW文件的工作，一小部分类似于拍摄过程中对相机的设置，比如白平衡、影像风格等；大部分类似于传统的后期处理。由于RAW文件后期调整余地很大，摄影师与独立的数码调色师对照片的最终效果的把握可能有很大差别，但摄影师在拍摄时一般不大可能考虑到调色师的需要，因此由摄影师自己拍摄、处理RAW文件能保证整个影像创作思路的连贯性。这也从另一方面说明了数码摄影是掌握一定的RAW处理技能的重要性。

二、RAW文件的处理

除了曝光调整余地更大等特点，RAW文件的最大优势之一是保存了白平衡数据。传统摄影时代，胶片摄影采用日光、灯光等类型胶片来适应不同光源的拍摄场合，数码摄影则采取设置不同的白平衡来完成类似的人物。由于RAW文件是一种原始格式，所以由一个文件即可得到日光、灯光等多种类型胶片的效果。这就使得采用RAW格式拍摄的照片在后期处理中更容易获得精确的色彩还原，同时通过设置与拍摄光源不一致的白平衡数据可以轻松得到另类色彩。

在处理RAW文件时，一般处理软件都会有白平衡选项，可以调整色彩偏向，也可以直接指定色温数值。当然也有不少软件把"色相/饱和度"、"色彩平衡"等Photoshop中常用的调色工具集成进来，使处理RAW文件的色彩更为灵活。

处理RAW文件的第一条原则，我们建议首选随相机赠送的厂家专用软件。因为从严格意义上说RAW文件并不是图像文件，而是一个数据包。它是和硬件密切相关的，如果不知道感光元件的物理参数（比如滤色镜排列等），就无法将它转换成图像，所以需要用专门的处理软件将它转换为通用格式的图像文件。在熟悉自己的硬件性能方面，"原厂软件"无疑具有一定的优势，何况它还是免费的。

对Photoshop用户来说，使用Photoshop的RAW插件Camera Raw来处理RAW文件是比较直接的选择。因为Camera Raw的调整工具与工作方式与Photoshop很类似，更容易上手。

当然，Photoshop的RAW插件Camera Raw，新版本的功能也非常强大，如果经常使用Photoshop，采用Camera Raw处理RAW文件或许更容易上手。此外，Adobe公司的RAW处理专用软件Photoshop Lightroom，技术上与Camera RAW差不多，但加入了一些比较智能或傻瓜的功能，处理思路与流程也更符合摄影师的习惯。

处理RAW文件的另一原则，应该尽量在RAW处理软件中完成调整。在转换RAW格式的过程中，一般的软件除了调节曝光和白平衡，还可以进行更多处理，比如亮度与对比度、色调、锐度等等，由于在RAW处理软件中所作的每一个调整都是可逆的，不会损坏图像，因此，对于图像的所有调节，只要可能就一定要在转换RAW格式的过程中完成。

Adobe Photoshop Lightroom工作界面

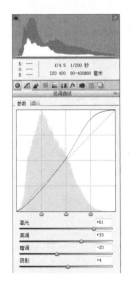

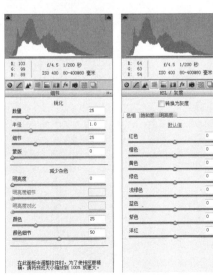

上图：Camera Raw的工具条。
Camera Raw的调整主要通过各种控制面板来实现，上页图上显示的是"基本"面板，左图从左到右依次为"色调曲线"、"细节"、"HSL/灰度"面板，它们基本包括了最重要的调整项目。"基本"面板可调整白平衡、曝光等RAW文件的基本参数，"色调曲线"面板可精确调整图像的反差，"细节"面板可精确控制画面细节情况，"HSL/灰度"面板可精确调整画面颜色，以及调整最理想的黑白图像。

第二节 一般处理流程

一、总体处理流程

在我们通常的概念中，新闻照片是不能使用Photpshop对画面细节进行修改的，甚至一些摄影比赛中还偶尔传出某些参赛者因为PS造假而被取消获奖资格。然而，在实际的新闻传播中，照片被修改并不罕见。比如某些政要的照片在刊登时，他身边的保镖通常会被修掉。比如在中东，由于特殊的信仰与习俗，在刊登穿低胸装的女人照片时也可能会将其衣服的领口"提高"。既然如此，对于我们自己拍摄的普通照片，就大胆地进行处理吧。

平常拍摄的旅游、休闲照片，如果没有特别的创作意图，一般可以采用下述处理流程：

第一步，重新构图，修图。可能会用到的工具包括裁剪、修复画笔、克隆、"内容识别"填充工具等。根据前面所说，修图时除了修去照片上的瑕疵，还可以大胆地把照片上影响画面美观的东西修掉。

第二步，调整白平衡、亮度与对比度等。可能用到的工具包括色阶、曲线等。如果照片偏色严重，也应该在这一步校正。

第三步，调整色彩。可能用到的工具包括色相/饱和度、色彩平衡等。调整色彩的时候，要注意将主要色彩单独调整。

第四步，细调反差。用色阶工具对反差作精细调整，如果是偏灰的照片希望更"通透"，可用亮度/对比度工具调整。

第五步，锐化。在完成全部处理后，应对画面作适当的USM锐化。

最后在保存图片时应注意，如果是用于上网的照片，应该缩小到适当的大小，然后选取"文件"菜单下的"储存为Web和设备所用格式"。

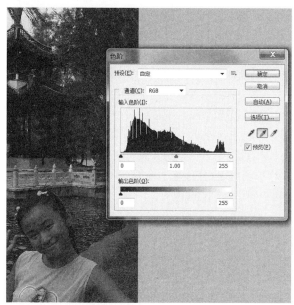

"小女孩游公园"照片的操作过程：

1. 打开照片，发现照片上天空部分有一个小黑点，用矩形选框工具选择它（有时候还可以适当羽化），按Delete（删除）键启动"填充"工具，选择内容识别，确定：黑点被删除，并且该区域被自动修补好。（上页左图）

2. 使用裁剪工具重新构图。因画面有点倾斜，可旋转裁剪框让它变正。（上页右图）

3. 调"色阶"，将直方图下方两侧的黑、白滑块向内移动到有一定像素的地方（直方图纵坐标方向有内容），滑动中间的灰色滑块调整中间调亮度。（左上图）

4. 调"色相/饱和度"，适当加大原图的饱和度，重点调整人脸和草地、树叶的颜色与亮度。（右上图）

5. 调"亮度/对比度"，让图像变得鲜艳亮丽一些（左中图）。

6. 执行"USM锐化"，让图像更清晰（右中图）。

由于原图使用比较低档的相机在阴天拍摄，反差不是很好，因此在第5步后面还使用"减淡"工具点击人脸使其变得更白。左下图为原图，右下图为完成后的效果。

二、控制点技术：局部处理的最佳思路

　　Capture NX是尼康公司发布的数码图像编辑软件，拥有Nik公司的专利技术"U Point"（即控制点技术）。Capture NX不仅是RAW处理软件，还能为数码摄影师提供更强大的工具，通过简单易用的操作编辑NEF（尼康数码相机的RAW文件格式）、JPEG和TIFF文件。其功能之强大，乃至于有些摄影师认为可以替代Photoshop。

　　一些数码摄影师还认为，控制点技术是一个革命性的新技术，通过使用控制点，它能够在编辑过程中将用户的预想可视化。在尼康Capture NX软件中，使用NEF文件能达到最佳性能，控制点允许摄影者选择并分离整张图像或图像中选定的区域，以进行图像增强，同时操作没有其他图像编辑软件那么复杂。图像的增强效果可以方便地立即取消或添加，不会影响图像的原始质量。通过色彩控制点，摄影者可以使用多达九个不同的游标调整各个选定的区域。还可以通过各个控制点的设置栏进行进一步的设置。其他的控制点包括：可方便地用于设置动态范围的黑、白点；纠正图像（甚至包括不含灰色调的图像）中的色彩表现的中性控制点；以及红眼消除控制点。

　　我们在学习和使用Photoshop的过程中或许已经体会到，对图像进行局部调整是非常重要的，而控制点技术恰恰是为局部调整提供了非常简单的手段。Photoshop CS5中还没有加入类似技术，但我们可以通过Nik公司的插件Viveza来实现。新手可以通过关键词"Nik Software Viveza"从互联网搜索到这个软件。当然在尼康Capture NX中或许有更好的用户界面，它的控制点多达五个：黑色控制点、白色控制点、中性色控制点、彩色控制点、防红眼控制点，不过除彩色控制点外，其他四个都可以理解为彩色控制点的预设。

1　2　3　4　5

上图为尼康Capture NX的控制点工具条，可选取：1. 黑色控制点，用来定义画面上的黑场；2. 中性色控制点，点击画面上应该是中性色的地方可以使色彩还原真实；3. 白色控制点，用来定义白场；4. 彩色控制点，局部、可选颜色的调整工具；5. 防红眼控制点，用来去除红眼现象。

下图为彩色控制点的具体使用方法：
1. 在工具条上选取彩色控制点工具。
2. 在画面上需要调整的地方添加一个控制点，此图是将白色天空修改为蓝天。彩色控制点的工作方式，控制点添加在画面某种颜色上，则调整仅对该颜色有效；可改变调整范围的大小，范围之外的相同颜色不会被影响。调整方法一般是拉动该控制点上的各种滑块来改变颜色。
3. 调整控制点工具上的各滑块可改变被"控制"的颜色，更灵活的方式则是点击控制面板上的"颜色选择器"图标。
4. 出现"颜色选择器"对话窗口，在此窗口点击任何颜色，被"控制"的范围则变为该颜色。除了常规的"拾色器"，还有更实用的"色库"，可直接找到常用的色彩，比如蓝天颜色、皮肤颜色等。

调整前　　调整后

要想在Photoshop中使用"控制点",可选择Nik Software Viveza插件。上图为该插件的工作窗口,控制点共有九个滑块(左图),拉动最上面的调整"控制"范围大小,其他:B调整亮度,C调整对比度,S调整色彩饱和度,H调整色相,R调整红色,G调整绿色,B(下方的)调整蓝色,W调整色调的冷暖。

第三节 获得正确的曝光与色彩

使用色阶工具控制影调与色彩：1. 设置黑场，可将此黑色滑块向右滑动到有细节的地方，或选取黑色吸管点击图像画面上应该是黑色的地方；2. 设置白场，可将此白色滑块向左拉到有细节的地方，或者选取白色吸管在图像画面上应该是白色的地方点击；3. 调整中间调的亮度与反差，拉动灰色滑块观察画面上的变化；4. 设置色彩平衡，使用灰色吸管点击画面上应该是中性灰色的地方。

关节点：色阶工具中，黑色吸管与黑色滑块、白色吸管与白色滑块，作用基本相似；但灰色吸管与灰色滑块则不同，灰色吸管用于调整色彩，灰色滑块用于调整中间调的反差。

使用曝光度工具调整明暗反差。在"曝光度"对话窗口，我们看到三个参数：曝光度，调整色调范围的高光端，对极限阴影的影响很轻微，也就是说它主要影响高光部分；位移，主要调整阴影和中间调，对高光的影响很轻微；灰度系数，使用简单的乘方函数调整图像灰度系数，它主要影响图像的中间调部分。

曝光度的吸管工具与色阶吸管工具不同，它主要是调整图像的亮度值，黑色吸管将设置"位移"，同时将点击位置的图像亮度改变为零，白色吸管将设置"曝光度"，同时将点击位置的图像改变为白色，灰色吸管则设置"曝光度"，同时将点击位置的图像变为中度灰色。

可以这么说，曝光度的灰色吸管与色阶中的灰色滑块作用类似。

一、后期处理中对"准确"的理解

（一）色彩还原的"准确"与"漂亮"

数码相机用户或许常常发生这样的争执，就是某个相机的"白平衡"准或不准。其实在很大程度上，绝大多数人对"准"的理解并不是最大限度的还原真实，而是他自己是否喜欢：评价者自己喜欢的颜色往往就是"准"的颜色。相比之下，数码相机、传统摄影的的彩扩机、处理数码照片的软件，对于真实或"准"的判断，比人要客观得多。

颜色方面，Photoshop 是通过定义中性灰色来实现的。所谓中性灰色，在 RGB 模式下是指红、绿、蓝色的数值相等的颜色，比如 R=B=G=128 的灰色。一般来说如果画面上的中性灰色得到真实还原，那么其他颜色也得到了还原。Photoshop 的色阶与曲线工具都包含了一个灰色吸管，用它点击画面上应该是中性灰色的地方，理论上说就可以将一幅照片的色彩还原调整好。

问题在于，很多情况下我们所需要的并非"真实"的色彩还原，比如黄种人的皮肤本来就是黄的，但是非得要拍成"白里透红"才能讨人喜欢；比如环境色彩是不是需要保留，白炽灯照明下的场景是应该还原到景物本身的颜色还是保留灯光的色调等。我们认为，比较合理的做法，是应该在尽量趋向真实的前提下让图像显得更美，调整出来的色彩要符合一般大众或目标客户的审美期待。当然艺术创作例外。

（二）曝光的"准确"与对"影调"的把握

对 Photoshop 来说，我们以色阶工具为例来说明其色彩与曝光处理的准确性。色阶工具在调整明暗、反差的时候以直方图为参考，因为我们设定在正常状态下，现实场景包含了从阴影到高光的丰富细节，对于一个图像来说，如果它的阴影部分亮度接近 0、高光部分亮度接近 254，构成山峰状的直方图，就是正常的。这与彩色扩印中通过对整个画面的亮度平均计算来控制曝光相类似。

为了达到这个目的，在使用色阶调整图像时，第一步应该是定义"黑""白"场：所谓"黑场"，是图像中应该是黑色（非常暗的阴影部位）的地方，定义"黑场"的方法是使用黑色吸管点击它；所谓"白场"，是图像中应该是白色（非常亮的高光部位）的地方，定义"白场"的方法是使用白色吸管点击它；用灰色吸管点击应该是中性灰色的地方，则叫做定义"灰场"。一张"正常"的照片，通过使用色阶工具定义黑场、定义白场、定义灰场并拖动直方图下面三个滑块中中间那个灰色滑块调整中间调（介于高光与阴影之间的影调）的亮度与反差，应该说就能够大致调整好了。

但是由于创作等方面的需要，并不是所有图像都拥有全部影调。比如表现明朗快乐的高调人像照片、表现严谨或忧郁的低调人像照片，也有一些摄影师拍摄仅有中间影调（画面上看起来就是明显发灰）的照片来表达一种心情或观念，这些照片就不能采用上述的方法来处理。当然，掌握了 Photoshop 的多种工具，明白了它们的工作原理，就更容易实现自己的图片处理思路了。

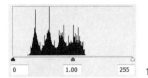

一幅稍微偏暗的灰色调照片，灰色占据了绝大部分的画面。从它的直方图可以看出，细节主要集中在接近阴影位置的中间调区域。

我们在通常的摄影中一般不会使用这种影调，但作为对西湖黄昏时候的一个印象表达，这种不"准确"的曝光或许是比较"恰当"的。

1

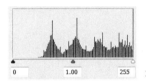

修改第一幅照片，将其色阶工具中的白色滑块向左拉动到有细节的地方，画面亮度提升，从直方图上看细节向高光部位集中。虽然修改后应该是高调照片，但由于画面反差不大，仍可看作浅色调的灰调照片。

2

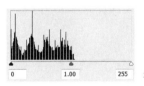

修改第一幅照片，将其色阶工具中的黑色滑块向右拉动到有细节的地方，画面亮度下降，从直方图上看细节向阴影部位集中。虽然修改后应该是低调照片，但由于画面反差不大，仍可看作深色调的灰调照片。

3

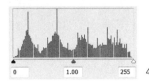

修改第一幅照片，将其色阶工具中的白色滑块向左、黑色滑块向右拉动到有细节的地方，画面阴影加深、高光变亮，从直方图上看细节从高光到阴影总体分布比较均匀。虽然修改后的照片层次更好，更符合"准确"曝光的原则，但失去了灰调照片原有的韵味。

4

右图为著名数码器材网站
http://www.imaging-resource.com/
用于检测数码相机的一个人工场景。请注
意画面下方中间的色卡。工作室摄影中常
常使用这样的色卡来帮助获得精确曝光与
色彩还原。

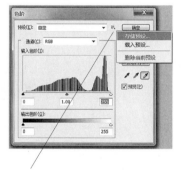

用色阶工具处理照片，调整完成后，可点
击此处选"存储预设"，为它命名并保
存起来，下次要用时就可以从色阶的"预
设"中找到了。

二、工作室的方式
（一）结合后期调整的拍摄过程

从事工作室的专业摄影师对图片曝光与色彩还原的精确性要求非常苛刻，结合前期拍摄与后期处理直至打印输出，有一个严格的工作流程。对于这种专业的控制手法，一般摄影者也可以加以了解和应用。

由于工作室摄影经常在固定灯光条件下拍摄，因此比较容易设定科学的拍摄、处理流程：先在拍摄现场主要曝光位置摆一张色卡，用不同曝光值拍几张，然后在电脑中分析所拍摄的照片，照片中色卡上的灰度数值最接近色卡真实数值的，就是最精确的曝光；色卡上各种色标在Photoshop中的读数最接近真实数据时候的照相机白平衡设置，就是最精确的白平衡。普通摄影者很难找到精确的色卡，可以用灰卡代替。灰卡本来就是设定曝光的参照物，而颜色方面，我们前面说过，当中性灰色得到准确还原，其他颜色也就"正确"了。

如果拍摄到的照片不是很精确，处理很简单：用色阶工具的白色吸管点击色卡上的白色块定义白场，黑色吸管点击黑色块定义黑场，灰色吸管点击色卡上的灰色，使色彩还原准确。由于照片是在完全相同的灯光条件下采用完全相同的参数拍摄，在后期处理中就有可能使用完全相同的参数。这样就可以采用自动化的工作流程：处理第一张照片，把各种参数保存起来，然后使用这些参数对其他照片进行批处理。

当然最精确的曝光和色彩还原也只能是"接近"的，而且对于照片的期待往往会超越简单的"准确曝光"、"精确还原"而追求有所美化，因此仍然需要后期调整。保存精确曝光的那张带色卡的照片，在电脑上通过点击它的色卡调整好反差与色彩后，再对颜色和影调进行精细调整，让图像体现你的创作意图后再保存调整数据应用于其他照片。有时候还会应用到多种工具。

此外，灯光等设备的状态并不是很稳定的，一般来说，每次拍摄都需要进行这样的操作。

对下左图照片的处理，主要在Photoshop插件Nik Software Viveza中用了八个控制点（左图）：1.使杯子的浅白色变得更纯净；2.使罐子纸盖的颜色变得更温暖和稍稍亮白一些；3.使黄椒的颜色更生动一些；4.使西红柿色彩更鲜艳；5.使橙子的色彩更饱和；6.使桌面的颜色稍稍亮一些和更纯净一些；7.使墙面背景稍稍暗一些，色调也更冷一些；8.使此背景稍稍暗一些。

下右图为完成后的效果。由于采用黑白印刷看不出色彩的区别，但该图仍然显示出更好的层次，显得更生动。

（二）更精细的后期处理要求

工作室的照片经常以追求完美的高画质为目标。为了获得高画质，除了在拍摄过程中采用严格的技术手段保证获得精确的曝光和色彩还原，后期处理工作也更细致。例图中的照片尽管是一个非常简单的画面并且追求柔和的影调，但为了获得更好的层次和色彩表现，使用了八个控制点进行调整，最后通过边界锐化加强了画面的细节。

三、用"阴影/高光"工具处理曝光问题

Photoshop中处理亮度、反差的工具很多，笔者的体会是，对于曝光过度、不足或反差过大的照片，采用"阴影/高光"工具来处理都比较容易得到满意的效果。如果曝光问题很严重，处理后产生严重噪点，尤其曝光不足的照片在这方面更明显，则还需要进行降噪处理。

我们在这里使用的例子都比较极端，都是曝光严重过度或不足，或反差非常强烈。大家可以看出使用Photoshop来挽救这些问题的余地有多大。比如本页高反差例图，拍摄于强烈日光直射的场所，并且阳光照射下的物体包含了浅白色服装、阴影下的物体包含了黑色桌布，它们之间的亮度差别非常大，几乎使用任何照相机都不可能同时照顾到这两者的细节。但通过调整基本上恢复了大部分的画面层次。

用"阴影/高光"工具处理曝光问题之有效，笔者深有体会。开始并没有很重视这个工具，再加上不少数码摄影师都相信数码照片如果曝光不足，处理余地还比较大，但如果曝光过度，高光部分的细节就很难找回来。因此正常情况下拍照总会减少一档左右曝光。但后来在使用Photoshop CS5的"阴影/高光"工具调整图像时发现，曝光过度的照片也有一定挽回余地。在这种条件下就大胆采用尽可能曝光充足的方法，因为高光部分的适量过曝还是很容易调回来的。

除了"阴影/高光"工具，随着处理经验的丰富，其他如色阶、曝光度、亮度/对比度等工具，用来处理曝光问题也相当有效。尤其是画面反差不是很大的时候，采用"亮度/对比度"或"色阶"处理更容易。

处理强反差照片。用"阴影/高光"工具调整这类图像的要点，是大幅度把阴影、高光数值拉回，如上图所示。

右图为完成后的效果，可以看到阴影部分的物体，绝大部分细节都表现出来并且层次也不错；高光部分除了白色服装，也基本上有了较好的表现。

下图为原图局部，与处理后的照片粗略对比即可看到明显的区别。

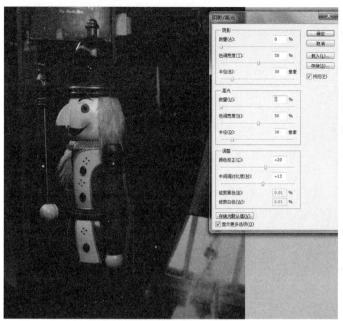

上图：处理严重曝光不足的照片。由于场景中存在明显的高光，它在照片中的曝光不足远远没有阴影那么明显，因此使用"阴影/高光"工具，主要调节"阴影"参数使画面变亮，再调节一下"中间调对比度"的参数使反差变得较为满意即可。

中图：处理曝光严重过度的照片。主要调整"阴影/高光"工具中的"高光"参数。

下图：右边的照片仅高光部分曝光过度，使用"阴影/高光"工具适当调节一下"高光"参数，把高光部分的细节找回来即可。左边为效果图。

从这些照片可见，曝光失误越严重，要想调整到应该呈现的丰富层次就越难。这说明了准确曝光的重要性。

第四节 景物类照片的后期处理

一、黑白风光照片的后期处理

（一）黑白风光照片的素质

除了特定的艺术追求，从技术上来说黑白风光照片的魅力主要源自其高素质影像，包括丰富的细节与层次表现。因此，使用数码相机拍摄、后期处理风光照片的过程中，追求高素质、尽可能保留景物的细节与层次是第一要务。一般来说建议拍摄彩色照片，然后在Photoshop中处理为黑白：直接转换为灰度模式，或转换为Lab颜色模式删除a、b通道后再转换为灰度模式。有关转黑白的方法我们在以后还要详细讨论，但就高素质风光摄影来说这两种方法比较合适。

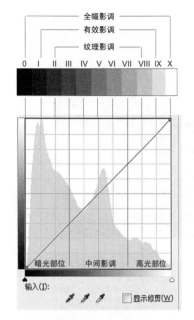

区域系统与曲线工具的对应关系

（二）数字区域曝光法

亚当斯是一位伟大的黑白风光摄影家，他对于黑白风光摄影的贡献，是在高素质影像的基础上实现了充分的意象风格。他的不少风光摄影作品在创作与冲洗中都应用了著名的区域曝光理论，这一传统摄影时代的经典理论在数码摄影时代同样适用。

我们在拍摄时为了得到准确曝光，一般找到画面上的中间灰部分（当然最好是用灰卡代替），以它为测光的主要参考点（如果照相机没有点测光，通过变焦或靠近它让它充满整个画面然后侧光）。这样做的原因是照相机的测光表是以18%灰（即中间灰）为测光的标准。在此基础上，亚当斯的方法就比较好理解了。

区域曝光系统的基础是把物体的亮度分成从0到X共11个区域，并且划分为暗光、中间、高光三个部分。从0到X的全部区域范围被称为全幅影调，I到IX之间定义为有效影调，因为0、X区所代表的是毫无细节的死黑或死白；II到VIII之间为纹理影调，其中III区被称为重点暗区，是第一个具有良好质感的暗部区域；VII区为重点亮区，是第一个具有良好质感的亮部区域。

区域曝光法的具体操作，关键是两对概念："置"与"落"、"扩张"与"压缩"。所谓"置"，是在确定曝光的时候，把景物的某个地方"置于"某个亮度区域，这样，其他的地方就因其亮度的不同而"落"在相应的区域，这就是对采用某个曝光值曝光结果的预见。但是，为了照片的美感，亚当斯所追求的并不是对原景物亮度变化进行忠实复制，而有可能要加强或减弱对比，这就是"扩张"与"压缩"。传统摄影的方法，主要手段是通过控制显影（调整时间或改变药液）来增加或减少底片的反差。由此可见，严格意义上的区域曝光法甚至对卷片都是不合适的，因为必须每一张底片都单独处理。这样做很麻烦，但是在"数码暗房"中则很容易。

首先，定义黑白场。使用色阶工具，把直方图上黑、白滑块拉到有细节的区域。如果画面上存在应该是黑色与白色的部分，则用黑、白吸管点击更直接。

其次，对影调进行压缩或扩张。开启曲线工具，分别调整不同影调范围的亮度。注意调节幅度不要太大，因为影调的变化本身应该是非常细腻的，轻微的调节就会产生相当明显的影响。

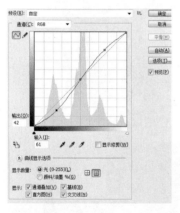

当处理一幅反差较弱的照片时，根据区域曝光法的原则需要对其影调进行"扩张"：让阴影部分更暗、高光部位更亮。使用曲线工具，在中间点一下添加一个节点，然后把下面的曲线往下拉、上面的曲线往上拉即可。仔细设置更多节点，对更小范围的亮度区域进行单独调节，显然比使用胶片的处理技术要轻松得多。

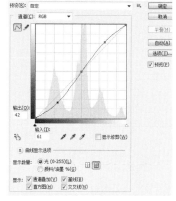
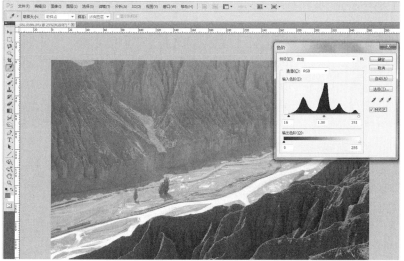
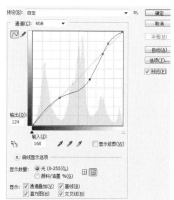

14	3
2	5
6	

　　"河谷"照片操作步骤：1. 原图；2. 使用色阶工具确定黑、白场并调整反差；3. 仔细观察使用色阶调整后的照片，发现阴影部分还是不够黑、高光部分不够白亮，因此使用曲线工具，把阴影部分的曲线往下拉让其变黑、高光部分的曲线往上拉让其变白亮（拉动曲线之前在曲线正中间点一下鼠标，会产生一个节点固定此位置，因此拉动两端的曲线时不会影响到其他部分）；4. 上一步曲线调整后的结果，感觉中间部分还是偏亮；5. 再使用曲线工具，把中间部分往下拉；6. 最后再锐化一下即得到此效果。

二、彩色风光照片的后期处理

　　彩色风光照片要漂亮，首要因素是一个很难量化的概念："通透"。在讨论照片的时候，我们常常会听到"空气感"、"立体感"、"通透"之类的说法，尽管很难量化，但不少摄影师确实有这种感觉——否则也就不会成为话题了。一些摄影者甚至抱怨他们相机、镜头的拍摄效果不够通透，为此不惜代价追求"纯德国血统"的镜头，或到处打听拍摄到通透照片的秘方。也有人认为，风景照片要"通透"，首先空气本身要足够通透，比如中国西部乃至于青藏高原，任何照相机都可以拍到很通透的效果。也有不少怎样用软件调整图像的"教程"，告诉你怎样调出通透的图片来。

　　根据一些经验丰富的摄影者的体会，要得到通透的照片，应该满足几个基本的条件：照片要有足够的清晰度，画面主体一定要有清晰的细节。而加强明暗对比往往可以给人更强的画面清晰的感觉，因此，所谓"通透"的照片，对比度往往是比较高的。也就是说，往往要求画面同时存在高光和暗部，如果没有高光，画面会沉闷、没有出气的地方；如果缺乏足够的黑度，整个画面灰灰的，高光部分也不能被突出，并且整个画面显得轻浮。一幅优秀的作品，往往存在起着"画龙点睛"作用的黑色。这些告诉我们，为了改善画面影调，得到通透的照片，除了画面要有丰富的层次和细节，拍摄时选择富有光影变化的场景，处理中适当加强一下暗部与高光部位的对比，是获得优美影像效果的途径之一。

　　因此我们在处理风光照片时，关键在于强化画面的细节、突出主要的对比因素，并且对画面的亮度/对比度进行调整以得到"通透"效果。

"敖包"照片操作步骤：1. 用套索工具选中照片左下角的垃圾，按删除键，在对话框中选"内容识别"，Photoshop会自动为你去除垃圾、修补好（左上图）；2. 使用阴影/高光工具使阴影部分变亮、呈现细节（上图）；3. 使用nik Viveza控制点工具，使蓝天加深和变得更蓝（左下图）；4. 开始锐化：查看图像的三个通道，选择细节最好的绿色通道，按"Ctrl+A"全选、"Ctrl+C"拷贝，回到RGB通道按"Ctrl+V"粘贴（下页左上图）；5. 把图层混合模式改为"线性光"，执行"高反差保留"滤镜（下页右上图）；6. 执行"色相/饱和度"，分别提高红色、绿色、黄色（此照片的三种主要颜色）的饱和度（下页左中图）。最后使用"镜头校正"滤镜为画面添加暗角，完成效果见下页右下图。

上图：原图。 下图：处理完成后的效果。

杨信生拍摄的两幅荷花作品。

上图的处理：摄影师追求的是一种柔和效果，但我们还是觉得荷花的细节有点不够，于是采用上一节的方法对照片进行锐化，并执行"色相/饱和度"分别调整了荷花与荷叶的颜色。上图左为原图。

右下图的处理：摄影师有意将清晰的主体置于画面右上角，为强化画面意境，执行"色相/饱和度"分别调整了画面主要颜色的黄色、红色、绿色，并使用"镜头校正"滤色镜为画面添加了暗角。

添加暗角的方法：执行"镜头校正"滤镜，点选"自定"选项卡，调整上图中红框内的"晕影"参数即可。

三、花卉照片的后期处理

花卉是大家都很喜爱的摄影题材，也是最富装饰性的摄影题材之一。作为摄影作品的花卉照片，一般都追求高雅、简洁，富有画意。

花卉照片的特点，主要是色彩非常鲜艳，饱和度很高，有时候会发生"色彩溢出"现象，破坏主体的细节。此外，拍摄于野外的花卉照片，受现场条件的局限，构图和背景都可能存在问题。由此可见，处理花卉照片应遵循下面的思路：重新构图、简化背景、调整色彩（尽可能给画面一个统一、简洁的色调）、找回细节。

在此基础上，把后期处理作为摄影创作的继续，采用多种手段使画面更富诗意，就已经不是"技术"而是"艺术"或"想象"的问题了。

四、动物照片的后期处理

　　动物照片往往以生动的形态与丰富的细节引人入胜，后期处理的重点则在于对细节的强化，通过色阶、色相/饱和度等工具强化影调与色彩的对比，让动物从环境中突出来；通过各种锐化手段，让动物的细节呼之欲出，更富神采。

　　"雄鹰"照片，右图为处理后的效果，下右图为原图。操作步骤：

第一步：在Photoshop打开照片，裁剪成正方形（下左图）。

第二步：使用色阶工具调整照片的影调。

第三步：使用色相/饱和度工具调整雄鹰与背景的颜色，使之有适当区别。

第四步：查看通道，选取细节最好的通道，复制这个通道。

第五步：回到RGB通道，打开图层面板，粘贴。

第六步：设置新图层混合模式为"线性光"，执行"高反差保留"滤镜。

第七步：合并图层。

第八步：执行"高斯模糊"滤镜，模糊程度以背景模糊适合位置。

第九步：在历史记录面板设置第八步为历史记录画笔的"源"，回到第七步，然后用历史记录画笔工具涂抹背景使其模糊。

第十步：执行"镜头校正"滤镜为画面添加暗角，获得右图效果。

五、城市风光照片的后期处理

最受欢迎的城市风光照片一般是供出版明信片、旅游画册、市政宣传推介画册的照片，一般都影调艳丽、色彩饱满、画面清晰。这些照片大都拍摄于蓝天白云的晴天，或者清早、黄昏时候，蓝天及日光色调构成白天拍摄画面的主色调，日出、日落时候的暖色调构成早晚拍摄照片的主色调。在处理时要注意色调的强化与统一，比如白天的照片应加强蓝天颜色，突出蓝天白云鲜艳对比的美感；早晚拍摄的照片应强化橙黄的暖色调，让它统一画面。

除了使用锐化手段使细节突出，如果画面包含较大的建筑物，一般来说应该把建筑物的线条拉正，做到"横平竖直"。轻微的、主要跟镜头有关的变形可以用"镜头校正"滤镜处理，比较严重的则应该采取"自由变换"的方法手工调整。

"上海世博园澳大利亚馆"照片操作步骤：
第一步：使用Photoshop外挂滤镜nik Viveza，添加了两个控制点，天空部位的控制点用于使天空更蓝更暗，房子上的控制点用于使建筑物的颜色更红更明亮并增加对比度。（上图）
第二步：按"Ctrl+'"显示网格，执行自由变换，把画面中的线条拉正。（下图）然后合并图层，裁剪图像。
第三步：选取克隆工具，把画面右侧一些看起来多余的东西修掉。（下页中图）
第四步：由于建筑物色彩鲜艳，细节不是很突出而需要锐化。查看照片各通道，发现红色通道细节最好。（下页下图）复制这一通道，回到RGB通道，粘贴，设置图层模式为"线性光"，执行"高反差保留"滤镜。
第五步：微调亮度与对比度，完成处理。

上图：原图。右图：处理后的效果。

六、室内照片的后期处理

我们在装潢类的画册、杂志上都可以看到精美的室内照片，拍摄这些照片对器材与技术都有很高要求，比如为了保证线条的"横平竖直"往往需要采用移轴镜头。当然线条校正在Photoshop里相当方便。

处理室内照片的另一个要点是颜色与影调，一般来说画面需要一个明显的主色调，整体偏暖并且能体现不同光线的本来颜色。影调要细腻，画面要干净，因此不宜对明暗、反差、色彩进行大跨度的调整。室内物体的细节、轮廓一般都比较柔和，一般也不需要太强的锐化处理。

这里的实例主要是处理了线条与色彩，通过对现场的忠实再现表现了当代家居室内的美感。

"厨房"照片，上图为处理后的效果，右图为原图。原图存在明显的变形，并且拍摄时照相机亦没有处于水平状态，画面存在倾斜的线条，是后期处理过程中需要着重解决的问题。

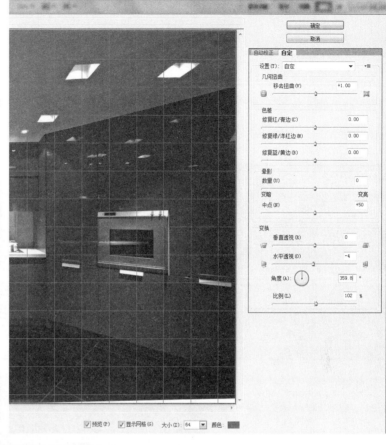

"厨房"照片操作步骤：

第一步：打开照片，选取标尺工具，在画面上应该是水平的地方划一条直线；然后选取"图像—图像旋转"菜单下的"任意角度"，确定。（上左图）

第二步：执行"镜头校正"滤镜，仔细调整线条的畸变与倾斜。（上右图）

第三步：执行"色相/饱和度"，把厨房主体部位的颜色调得更鲜艳、明亮、温暖一些。（中图）

第四步：选取"选择"菜单下的"色彩范围"，在打开的对话窗口选带加号的吸管，点击厨房白色墙壁不同明暗的地方，把它们选中。

第五步：执行"色彩平衡"，让墙壁偏轻、偏冷一些，与厨房主体形成对比，强化画面气氛。（下图）

第六步：微调亮度、对比度，完成处理。

七、夜景照片的后期处理

处理夜景照片的要点，一是提升阴影部位的亮度，因为都市夜晚灯光场景灯光及其照明的地方与没有灯光的地方亮度差别非常大，拍照时为了高光部分不要曝光过度，阴影部分就会很暗；二是"降噪"，弱光场景本来就容易产生噪点，后期处理中如果强制提亮过多也会使噪点大量增加。"降噪"推荐使用Photoshop外挂滤镜Imagenomic Noiseware，它不但效果强大，而且使用极其方便。

"上海南京路西藏路口"照片，上左图为处理后的效果，上右图为原图。操作步骤:

第一步：因原图阴影部位很暗，故首先指向"阴影/高光"，令暗部变亮一些。

第二步：使用nik Viveza外挂滤镜，让天空变亮和变蓝一些。（中图）

第三步：天空被强制提亮因而产生许多噪点，故使用Imagenomic Noiseware外挂滤镜"降噪"。（下图）

图为Imagenomic Noiseware工作界面，中间为降噪前后的对比，对比相当明显，可见效果不错。

第四步：执行"USM锐化"，得到上左图的最终效果。

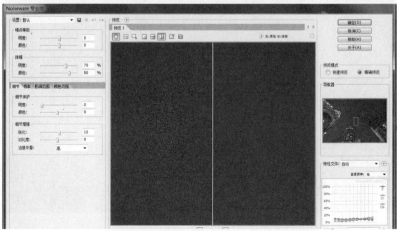

第五节 人物类照片的后期处理

一、人文照片的后期处理

带有人物并且在某种程度上以人物为主体的人文照片可以视为一种环境人像。事实上，由于人文摄影在摄影师心目中的神圣地位，不少摄影师在拍摄环境人像时其观念与构图也受到人文摄影的影响。

就人像方面而言，人文摄影致力于表现真实环境中的真实人物，不像作为艺术创作的环境人像，环境和人物都可以人为摆布。为了最大限度地保证真实性，后期处理中要避免弄虚作假的成分。处理要点在于把握人物、人物与环境之间的关系，通过影调、色彩等因素强化现场感，并使画面更生动更有吸引力。要充分突出画面的关键细节，通过锐化、裁剪等手段使照片的主题得到表现。

因为拍摄过程本身就是在取舍，而取舍离不开摄影师的观念与倾向，因此在后期处理中对次要因素进行删减以突出主题，是可行的。

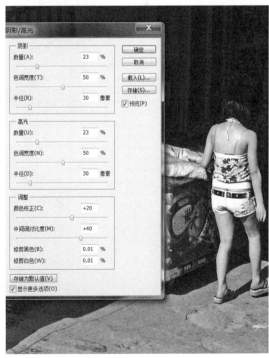

"擦肩而过"照片，上图为处理后的效果，右上图为原图。照片拍摄于匆忙中，对光比、构图都未能及时把握。后期处理主要针对这两点。操作步骤：

第一步：使用"阴影/高光"工具，主要提升阴影部分，附带压暗高光部分，尽量找回高光与阴影的细节。（右下图）

第二步：微调画面的亮度与对比度，使影调更有力度。

第三步：适当"USM锐化"，裁剪。

二、环境人像照片的后期处理

　　环境人像的后期处理要点是处理人物与环境的关系，对人物与环境都要进行美化，尽可能使画面简洁；通过色彩、影调、清晰等手段强化人物与环境的对比关系，并使环境更好地衬托人物。

"工地上"照片，上图为处理后的效果，上页上图为原图。操作步骤：

第一步：使用"色相/饱和度"工具，分别调整人物皮肤、衣服、背景的颜色，使人物突出，画面变.
得较有立体感。（上页中图）

第二步：使用"曲线"工具，把工地上石头的中间调颜色压暗一些。（上页下图）因影响到人物面
部，完成后打开历史记录面板，用上一步定义历史记录画笔的"源"，选历史记录画笔涂抹面部。

第三步：把画面中的垃圾修掉（下图方框处）。然后把房子拉直，裁剪。

三、舞台人像照片的后期处理

舞台人像的处理重点在于色彩与影调，应该最大限度地再现舞台气氛，包括舞台灯光的各种照明效果、人物的表情与动态等。主要通过色阶、色相/饱和度等工具来调整明暗、反差与颜色，以及对重要细节进行锐化，有时候也可能要作"降噪"处理。

"智利民间歌舞"照片，由两幅照片拼成，当时拍摄下来，发现单独的照片看起来并不出彩，但如果拼成一幅，出现一种"部分对称"的效果，并且舞台感、动感更强烈。刚好这两幅照片需要接到一起的边缘部分都接近黑色，因此拼到一起非常容易：打开第一幅照片，设置背景色为白色，用裁剪工具裁剪时不是把照片裁小而是往画面外需要留空的地方拉，裁出空白区域，把第二幅照片拖进去，让它们对齐，合并，如果接缝处有痕迹则用克隆工具修掉。

其他处理：使用"高光/阴影"工具把暗部提亮，使用"色相/饱和度"工具调整人物及其服饰、舞台背景的主要颜色得到更好的层次，修掉舞台背景上的折痕等，最后微调一下亮度与对比度。

四、儿童人像照片的后期处理

儿童人像或许是最好拍摄的题材，因为在成人看来儿童的身体（比如皮肤）、动作、表情都没有缺陷。后期处理中，一般来说只需要在光影、色彩等方面进行一些美化即可，也可通过明暗对比、锐化等手段让主要细节更加突出，使画面更优美。

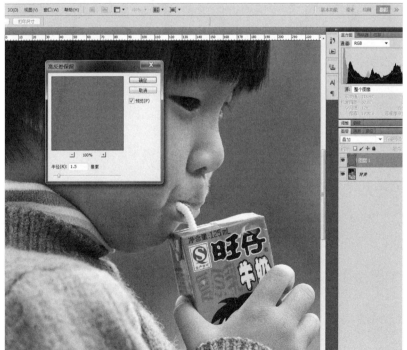

"喝牛奶的小孩"照片，右上图为处理后的效果，右下图为原图。操作步骤：

第一步：尽管小孩的皮肤很漂亮，还是使用"色相/饱和度"工具调整一下，并且调整背景和衣服的颜色使影调更鲜明。（左上图）

第二步：锐化。查看图像的三个通道，选取并复制细节最好的蓝色通道，回到RGB通道，粘贴，图层面板，设置图层混合模式为"叠加"，对新图层执行"高反差保留"滤镜。（左下图）

第三步：微调一下亮度、对比度。

五、男性人像照片的后期处理

男性人像讲究阳刚之美，拍摄与处理的思路都跟女性人像有很大区别。比如拍摄女性人像一般用正面散射光使皮肤更柔美，拍摄男性人像则可能使用直射侧光来突出面部线条与皮肤的质感。后期处理中依然要强化这些细节，通过加强明暗对比、锐化等手段使关键细节突出，人物更有神采，画面更有冲击力。

相对来说，处理女性人像照片的关键在于磨皮与美白，处理男性人像照片的关键则在于锐化。然而，一些古典风格男性照片也讲究光线的柔和，尤其是摄影室暗背景人物头部周围产生光晕的照片，在处理中应该使这些光晕更富梦幻感。当然脸上明显的瑕疵，比如麻子和伤痕之类，如果不是专门作为表现对象，也应该修掉。

"老人"照片，上图为原图，右图为处理后的效果。操作步骤：
第一步：使用色阶工具调整画面的反差与影调。
第二步：使用色相/饱和度工具调整皮肤、衣服、背景的色调，使人物更突出。
第三步：使用第二章第五节讲述的"极致边缘锐化"方法，对画面进行锐化。
第四步：微调一下亮度与对比度，裁剪，最终得到右图。

六、外拍少女照片的后期处理

外拍少女是一种很受欢迎的摄影题材，可视为一种追求唯美风格的环境人像。后期处理的关键是要通过加强色彩、明暗、清晰等方面的对比充分分离背景与人物，使背景把人物衬托得更美。作为一种女性人像，往往也需要磨皮与美白。此外，外拍少女全身、半身像占多数，如有必要，还应该采用液化滤镜修整其体型，比如修掉赘肉，使四肢和腰身变得修长，甚至让胸部变大变挺，让眼睛变大、脸部变柔和等。

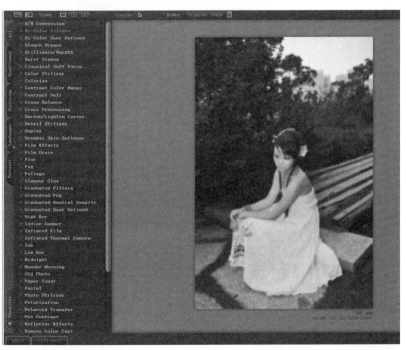

"美少女"照片，右下图为处理后的效果，右上图为原图。照片拍摄于阴天下午，使用一般镜头，因此画面比较平淡。

操作步骤：

第一步：用图层抠图法把少女主题抠出来，按"Ctrl+J"键复制背景为新图层，添加图层蒙版，填充黑色，用白色描画少女。为方便查看，可在此图层下新建一图层并填充蓝色。（左上图）

第二步：抠好图后，删掉辅助图层，对背景图层执行"高斯模糊"使之柔化。

第三步：使用外挂滤镜nik Color Efex Pro调整背景图层的颜色。（左下图）

nik Color Efex Pro是一款优秀的特殊效果插件，这里使用了它的"Bi-Color Filters"功能，相当于拍摄中使用了色彩渐变滤镜，使画面的色彩鲜明并统一。

第四步：回到复制的图层，对人物主体进行处理：使用色相/饱和度工具调整皮肤颜色等。

第五步：合并图层，微调亮度、对比度，完成处理。

七、女性人像的后期处理

爱美之心人皆有之，女人对完美外貌的追求首先在于皮肤，皮肤的完美则有两个明显的指标，其一是颜色。香港影星李嘉欣在某个广告中所说的一句话"白里透红与众不同"颇有代表性，这是柔嫩的颜色，青春的颜色。只有在照片上出现这样漂亮的颜色，你才能对她说"花容月貌"之类美色的赞语。再就是质感，要像牛奶一样白皙娇嫩，像美玉一样晶莹剔透。无需特别的姿势也可把女人拍得美丽、诱人、性感。

所以需要"磨皮与美白"。"磨皮与美白"基本上有两条思路，一是硬件"磨皮"，包括给被摄对象化妆和用光。化妆方面，一些人像摄影工作室和婚纱影楼，简直就是把女人的脸蛋当作绘画的纸张，化妆后基本上完美无缺，顾客自己都认不出自己来。然后摆上几个大功率的影室灯，采用大平光并且有意曝光过度拍下来，就可以得到色彩鲜艳白亮干净的照片了。二是软件"磨皮"，就是对已经拍摄的照片在电脑中进行美化、柔化处理。软件"磨皮"的方法很多，我们在这里介绍三种方法，其中最简单的方法是使用Photoshop外挂滤镜Imagenomic Portraiture，这个"磨皮"插件非常专业，可以得到用户期待的任何效果。

当然，磨皮之前，应该使用修复画笔或克隆工具修掉皮肤上的瑕疵，比如小痘痘之类；磨皮之后，还应该使用"色相/饱和度"工具对皮肤的颜色进行细调，以得到更"白嫩"的效果。

方法一：使用历史记录画笔工具磨皮

使用要点：在历史记录工具笔的属性栏设置较低的透明度，最好在20%以下。透明度越低，磨皮需要的动作就越多，磨皮效果也越好。

历史记录画笔工具磨皮操作步骤：

第一步：打开照片，执行"高斯模糊"滤镜，数值可大一些，让整个画面看起来很模糊（看不到清晰的细节）。

第二步：打开历史记录面板，点击"高斯模糊"这一步前面的小方框使历史记录画笔图标出现，回到刚打开照片的一步。

第三步：在工具面板上选取历史记录画笔，设置不透明度为20％或以下，设置合适的画笔大小。注意选取边缘为虚的笔触，如右图所示。

第四步：用鼠标涂抹画面上需要磨皮的部位，直到出现自己希望的效果。

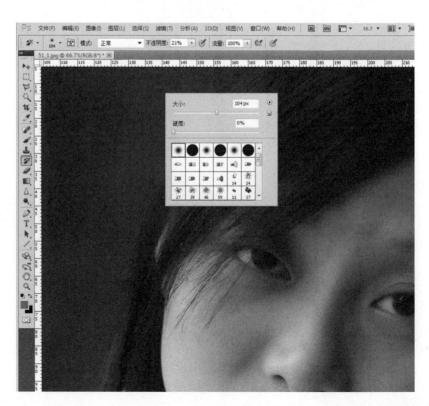

"忧郁的少女"照片，上为原图。照片拍摄于灯光较差的室内，在磨皮与美白前先进行一些简单的处理：使用修复画笔修掉脸上明显的小点点、用减淡工具使脸上较暗的部位变亮一些、执行色相/饱和度初步调整皮肤颜色、裁剪后得到右图。我们在这里用右图示范三种磨皮与美白的方法。

方法二：使用外挂滤镜Imagenomic Portraiture

使用前当然要为你的Photoshop安装Imagenomic Portraiture外挂滤镜，这个插件在网络上很容易找到。我们之所以优先推荐此方法，是因为Imagenomic Portraiture使用非常简单，不需要复杂操作，即使Photoshop新手也差不多能够一看就会用；它的效果也非常突出，甚至给人"化腐朽为神奇"之感。对于新手来说，使用默认设置、打开后直接点"确定"就可以得到比较理想的效果了。

Imagenomic Portraiture使用要点：在下图的界面中，应注意：1. "设置"包含多个预设，磨皮程度依次加大，大部分情况下选"默认"即可；2. "细节平滑"参数一般不需自己调整；3. 选用此带加号的吸管点击右边预览窗口画面中需要磨皮的部位；4. 调整"增强"项下的各参数使效果更好。

方法三：使用通道与计算

这一方法其实也不是很复杂，只要仔细地把每一个步骤记清楚就可以了——如果某个步骤出了问题就必然不会成功，所以，请非常小心地按着下面介绍的步骤去做！

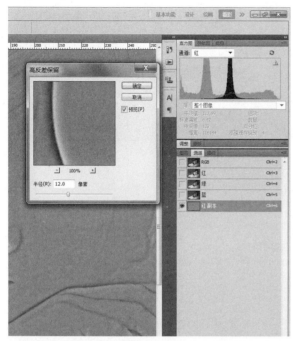

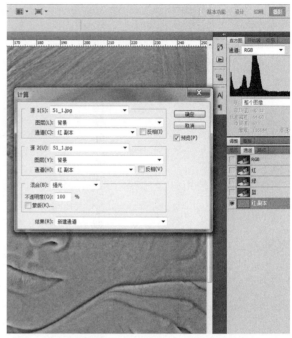

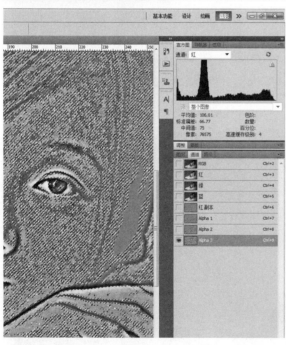

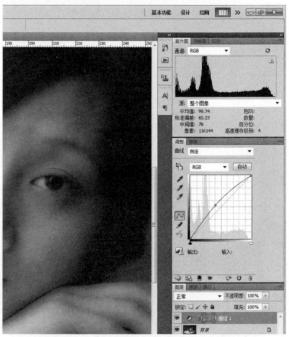

操作步骤：

第一步：打开通道面板，选择并复制红色通道（鼠标点击红色通道，按右键，选"复制通道"）。

第二步：选中"红色通道副本"，并使该通道可见、其他通道不可见，执行"高反差保留"滤镜，数值可大一些。（右上图）

第三步：继续在"红色通道副本"的状态下，选取"图像"菜单下的"计算"，把混合设置为"强光"，其他参数不用改。（左上图）

第四步：重复第三步两次，在这过程中注意不要自己去选择其他通道。经过三次"计算"，出现"Alpha 3"通道。

第五步：把"Alpha 3"通道载入选区（按住"目标Ctrl"键的同时用鼠标点击该通道），然后选取"选择"菜单下的"反向"。（左下图）

第六步：回到RGB通道，打开图层面板，新建"曲线"调整图层（点击图层面板下方的"创建新的填充或调整图层"图标在弹出的菜单中选"曲线"），把曲线往上拉。（右下图）效果自己把握。

上图：Imagenomic Portraiture外挂滤镜磨皮效果。
中右图：使用历史记录画笔磨皮效果。
下图：使用通道与计算方法磨皮效果。
中左图：原图脸部局部。

第四章 特殊效果图像制作

第一节 模仿传统摄影

　　一方面由于人们的怀旧心理，一方面由于已经习惯了各种胶片的色彩倾向，人们不自觉地以为"胶片的色彩"是"正确"和"漂亮"的。即使数码相机已经非常普及，仍然有不少人向往"银盐"——胶片的颗粒和色彩感觉，乃至于传统胶片大厂富士在其数码相机里内置各种"胶片模式"，许多摄影者也希望通过后期处理来获得胶片效果。

　　当然，就传统胶片摄影来说，最传统的莫过于"黑白"。

数码黑白摄影　在数码黑白摄影中介绍了五种后期处理彩色转黑白的方法，下图为原图，下页图为各种方法的黑白效果。查看时请注意色卡、肤色与花草在彩色原图和不同方法转换的黑白图中的色彩对比。

执行"黑白"，选"绿色滤镜"预设。

执行"黑白"，选"黄色滤镜"预设。

执行"通道混和器"，红绿蓝百分比分别为30、60、10。

执行"去色"。

转换为Lab颜色模式，保留明度通道。

转换为灰度模式。

转换为Lab颜色模式，保留明度通道再微调。

一、数码黑白摄影

（一）获取黑白影像

黑白的魅力

数码摄影时代依然有不少摄影者着迷于黑白影像的魅力，他们认为黑白图像用最单一的色阶叙述着纷繁复杂的世界，黑白摄影融入了摄影者的修养、情感，体现了个人魅力与技艺。美国著名摄影师路易斯·卡斯塔内达也说："黑白图片是创作上的精神食粮。利用黑白影调，可以充分表现影像的潜质。"

与彩色摄影相比，黑白影像抽去了现实物像中的色彩，只以黑、白、灰三色还原被摄对象。黑白照片的影调具有强烈的情感表现力，产生了黑白影像明亮或低沉、粗犷或细腻、轻快或压抑的动人风格。黑白摄影是感受、想象和控制的综合体，它拉开了影像与现实的距离，让摄影者由记忆和体验出发，认知艺术、沟通心灵、自由想象，它是一块梦幻的画板。

在彩色影像铺天盖地的今天，人们喜欢黑白，还与怀旧情结有关。在翻检历史记忆的时候，那些褪色泛黄、划痕遍布的老照片显得更亲切、更真实。当然，黑白摄影的真正价值在于对生活的表现，因为简单，结果是更直接、更强烈、更凝练。

直接拍摄与后期处理

大部分数码相机都可以直接拍摄黑白照片。在菜单中选择单色模式，不少相机还可以设置滤镜效果，可模仿传统相机使用不同颜色的滤色镜和黑白胶片的拍摄效果。

尽管数码相机的黑白摄影性能强大，我们还是建议摄影者拍摄彩色照片，然后在后期处理中转为黑白。一方面，一般数码相机都是为彩色摄影而设计，除非使用RAW格式，直接拍摄黑白照片会损失相当一部分光线信息，而直接使用RAW格式的话则更应该后期转换（RAW本身是一种更重视后期处理———些专业RAW处理软件称为"冲洗"或"显像"——的格式）；另一方面，黑白摄影从某种意义上对摄影者的素质提出了更高的要求，黑白摄影对画面各要素的把握，并不是掌握了器材与软件的使用技巧就可以胜任，而必须对整个画面效果具有"成竹在胸"的预见性。摄影者必须清楚地知道，哪些画面比较适合用黑白来表现，比如纪实摄影中具有怀旧气氛的画面、风光摄影中更倾向形式美的画面、人像摄影中布光与构图更倾向古典风格等等，这些都需要摄影者反复实践和感受，找到适合表现自己思想情感观念的题材与方法。

用拍摄彩色照片再后期处理为黑白照片的方法，既可以保证影像素质（在摄影中充分利用光线信息），又可以在后期处理时采用多种转换手段制作不同效果的黑白照片，比较后确定最恰当的黑白效果图像。因此转换黑白照片的处理方法也不存在哪一种"最好"的问题，由于拍摄场景等方面的不同，不同方法转换为黑白后的效果有很大差距，摄影者可从多种效果中找到最符合自己创作意图的黑白影像。

（二）后期处理的基本思路与方法

使用 Photoshop 的"黑白"工具

处理黑白照片的基本思路是控制反差、明暗。在拍摄黑白胶片的时候，我们一般是采用滤色镜来控制，比如用红滤镜压暗蓝天——这一思路在软件处理中仍然是有效的。当然，在实际处理中，我们会考虑到更多的因素和采用更丰富的手段。

如果以调控反差为首要因素，Photoshop的"黑白"工具是最佳选择。打开图片，选取"图像—调整"菜单下的"黑白"，在弹出的"黑白"对话窗口，有三个基本操作项目：第一个是"预设"，Photoshop提供了多种预设效果，包括模仿使用滤色镜的黑白摄影，甚至有红外线效果。"预设"的使用比较方便，一一选择看效果即可。第二个是调整各种颜色的明度，比如希望黄色部分在黑白图像中亮一些，就把黄色直接调亮即可。第三个是"色调"，选中色调后，照片被转换为单色调图像，可以调整色相与饱和度。

使用"黑白"工具，仔细调整各项参数，基本上可以获得摄影者所希望的各种反差、影调与色调，可满足黑白摄影创作的需要。

"黑白"操作方法：打开照片，执行"图像—调整"菜单下的"黑白"命令，弹出如左图的对话窗口。

要点：一是直接使用预设项。依据实际拍摄与后期处理思路，Photoshop的"黑白"预设了多个选项，包括直接模仿黑白摄影使用滤镜的情形，比如"绿色滤镜"模仿使用绿色滤镜的情形等。二是可以分别调整红绿蓝等六种颜色在黑白效果中所占的比例，对转换的黑白效果进行控制，比如想要压暗蓝天，就应该减少蓝色的数值；想要皮肤变白就应该增加黄色、绿色的数值等。

上左图：使用"最白"预设。
上中图：使用"红色滤镜"预设。
上右图：使用"绿色滤镜"预设，再减少黄色的数值。

更多处理方法

尽管我们反复强调采用最简单的方法来完成各种处理工作，但为了加深大家对黑白摄影与Photoshop的理解，我们再来看看其他方法。

通道混合法

处理RGB颜色模式的彩色照片，选取"图像—调整"菜单下的"通道混合器"，在弹出的"通道混合器"对话窗口中，可以调整每个颜色通道在图像中的比例。选中"单色"后，就是调整各通道对黑白照片亮度的影响。在现实世界，对亮度最常见的理解，是大致认为灰度等于3分红色加6分绿色加1分蓝色，依据这个比例，在通道混合器中设置红色为30%、绿色为60%、蓝色为10%，最符合人眼对真实世界亮度的感受。

这个设置是通道混合法的一种应用特例。由于我们可以灵活设置RGB三个通道的混合比例，就很容易突出某个通道特有的细节。因此通道混合法还有另一条使用思路：在通道面板中查看每个色彩通道，哪一个通道的细节表现最好，就以哪一个通道为重点，把它的混合比例设置得较高（比如60%或以上），再调整另外的通道。通道混合法用于处理黑白照片相当好用，因此"调整"面板中的"通道混合器预设"下均为各种黑白混合效果。

通常情况下，三个通道的数值加起来应该为100%，"常数"为0%。但也可以试着突破这个规律，更灵活地设置参数，看是否会获得更有意思的黑白效果。

"通道混合器"操作方法：打开图层面板，点击图层面板下方"新建填充与调整图层"按钮，选通道混合器。

"通道混合器"可以实现对任意通道之间任意比例的混合，"输出"选"单色"后，即可控制各通道在转换到的黑白图像中所占的比例。Photoshop默认的为红色40%、绿色40%、蓝色20%。调整这些数值，黑白图像的反差与层次感将会发生变化，应仔细调整以得到最佳效果。

去色法

在HSL色彩模式中，某种色彩被分为色相（H）、饱和度（S）、明度（L）三种成分，去色就是取明度成分、抛弃色相与饱和度信息的过程。HSL色彩模型的弱点是其L通道的数据采自RGB中最大和最小值的中间值，并没有考虑到不同色彩的亮度差异，比如在人眼看来蓝色要显得暗一些，绿色相对来说亮一些等。如果原始图片五彩斑斓，色彩饱和度高，差异大，那么转化出来或许会丢失这种差异。但是取中间值的办法，在保留明暗差异细节上有时相对通道混合更有优势。

方法是选取"图像—调整"菜单下的"去色"，其实也相当于在"色相/饱和度"工具中把饱和度降到最低。

直接转换为灰度模式

选取"图像—模式"菜单下的"灰度"，把照片直接变为灰度模式。Photoshop采用更精确的颜色混合计算数据，可以获得素质较高的但效果不一定符合摄影者的创作意图，而且转换过程中无法调整各种参数，只能在转换后作进一步处理。

上左图：采用"去色"法的效果。
上右图：转换为灰度模式的效果。
下图："去色"法的一种操作方法：执行"色性/饱和度"把饱和度拉到最低。"去色"法可用按下"Ctrl+Shift+U"组合键的方法来实现。

非线性方法

人的眼睛本来是非线性的，当亮度提高一倍，人眼的感觉强度实际上是没有提高一倍的。这种生理特性使得人眼能够适应更广的亮度变化。因此在转黑白的时候，应该考虑到人眼的这个特性。Lab颜色模式中的L通道，就是考虑了这种人眼的非线性特征，所以取Lab的L通道可以更加逼近人眼的视觉特征。

这种方法的基本操作方式是把照片转换为Lab模式，然后提取其L通道作为黑白图像。

操作方法：打开图像，转换为Lab颜色模式，在通道面板中将a、b通道删除，然后再转换为灰度模式即可。

黑白照片的进一步调整

调整黑白或下一节将要讨论的单色调照片的层次与反差，比较简单的方法是使用曲线工具，对画面高光、中间调、阴影部分分别进行调整，比如加深阴影、提亮高光使反差加强，提亮阴影、加深高光使反差减弱等。可以在"曲线"工具的坐标图上增加更多节点，对小范围的影调进行细调。我们在黑白风光照片处理一节已有探讨。

此外也可以使用替换颜色工具。选取"图像—调整"菜单下的"替换颜色"，出现一个包含了一幅略图的对话框，略图下面有两个选项，点中选区时，图像以黑白模式显示，白色部分是你选中的地方，在图片某个地方用鼠标（这时鼠标变成吸管形状）点击一下，你会看到照片上所有颜色相似的地方都被选中了。略图上方有一条带游标的直线，用来调整颜色容差，数值越大则选中的部分越多，数值越少则必须更相似的部分才能被选中。略图下方的三条直线，就是我们在色相/饱和度对话框中看到的三条直线，可以调整色相、饱和度与明亮度，由于我们调整的黑白照片，只要调整明度就可以了。一般来说需要反复应用，每次改变一部分选区的明度，可以使图像的每一种灰色调整到我们需要的亮度，从而得到需要的反差。

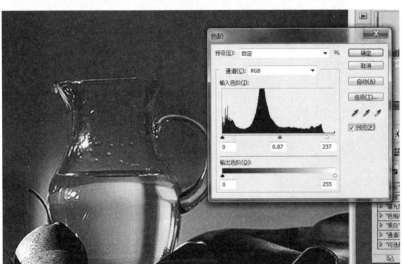

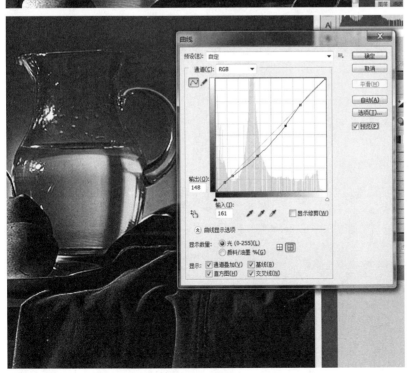

"窗前"照片,上右图是将照片转换为Lab颜色模式后删除a、b通道的效果,上左图则在此基础上进行了下列调整:

第一步:执行色阶工具,调整照片的总体反差与明暗。(中图)

第二步:仔细观察完成色阶调整的照片,发现中间调到阴影这个范围显得有些浅,于是使用曲线工具,将这个影调范围的曲线往下拉使之加深。(下图)

二、单色调照片与老照片

（一）单色调照片

为黑白照片简单着色

在摄影杂志上我们常常会看到一些单色调照片，觉得有一种很特别的感觉。许多婚纱影楼、人像写真摄影室也推出类似的单色调照片，它们不是黑白的，但整个画面只有一种色调，或红或蓝或棕等等，受到不少顾客欢迎。传统摄影制作单色调照片一般有两种方法，一种是用黑白照片染色，除了专门的调色药水，把黑白照片浸在咖啡或者茶水里，也往往可以得到某种很特别的色调；一度比较流行的方法是用黑白底片放大彩色照片。对于数码摄影者来说，在Photoshop中调整照片，获得漂亮的单色调效果更方便、更直观。

处理单色调照片最简单的方法有两种：第一种是在"黑白"工具中勾选"色调"，第二种是在"色相/饱和度"工具中勾选"着色"。然后调整色相、饱和度等参数，获得自己期望的效果。如果待处理的照片是灰度模式，应该先转换为RGB颜色。

"致命一剑"照片，左图为原图，下图为着色方法：

下左图：执行"图像—调整"菜单下的"黑白"命令，在打开的对话窗口，除了正常转黑白的操作，同时勾选"色调"，调整其色相与饱和度，可获得各种单色调效果。

下右图：执行"图像—调整"菜单下的"色相/饱和度"命令，勾选"着色"（对话窗口右下角），调整色相、饱和度、明度，可得到各种效果的单色调照片。

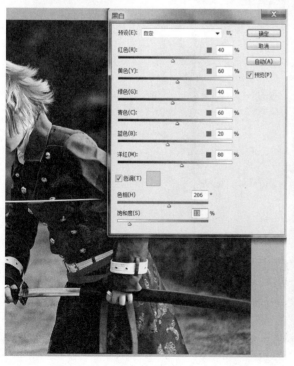

用通道为照片简单着色

通过对照片的通道进行简单处理，可以轻松得到棕色调照片：把照片转换为多通道模式，再转换为灰度模式，再转换为RGB模式即可。

对高调人像，选择其蓝色通道，执行"曝光过度"滤镜，可以得到一种曾经相当流行的影楼色调效果。

上图：一种简单方法获得棕色调照片，具体步骤：

第一步：打开照片，转换为多通道模式。

第二步：转换为灰度模式。

第三步：再转换为RGB模式。

第四步：为正常保存为JPEG格式，在转换为RGB模式后，在通道面板上选中品红、黄色两个通道，单击通道面板右上方的小三角，选取"合并专色通道"，如上图所示。

右图：一种彩色照片的简单色彩效果，具体方法：

打开照片，选取蓝色通道，执行"曝光过度"滤镜。对高调人像进行这种处理，曾经在婚纱、人像写真影楼流行过一阵子。

（二）双色调颜色模式

在Photoshop中，选取"图像—模式"菜单下的"双色调"，可以把灰度图转换为双色调或多色调图像。如果是RGB图像，应该先转换为灰度，才能转换为双色调图像。转换双色调图像时，会有一个对话窗，可自己选择应用到图像的两种或多种颜色，得到一幅单色调图像。

在转换双色调模式的过程中，我们发现可以选择专门的印刷颜料色，把照片处理成使用该颜料打印的效果。早期数码照片处理实践中，确实有不少人致力于模仿各种传统照片的洗印效果，包括使用特定相纸、特定冲洗药液的效果。在这过程中产生了不少专门的小软件，如今许多Photoshop外挂滤镜中也加入了类似程序，我们使用这些外挂滤镜可以轻易实现各种冲洗与打印效果。

转换为双色调照片的具体方法：

第一步：打开照片，转换为灰度颜色模式。

第二步：转换为双色调颜色模式。选取"图像—模式"菜单下的"双色调"对话窗口（上图1、2），其中"类型"可选"双色调"、"三色调"等，然后在下面确定每种油墨。单击油墨行右边的小方块，弹出颜色挑选窗口（上图2），如选择"拾色器"，则是通常Windows颜色窗口；图中则是选取了"颜色库"，可选择专门的印刷油墨色，这里是比较通用的潘色颜色。

如果把颜色调改为"多通道"颜色，我们会看到在转换双色调图像时设置的每种油墨显示为一个通道。这表示双色调图像在打印时采用这几种油墨分版印刷。

（三）老照片效果

一幅简单的老照片，往往最能表现人们的怀旧情调，因此把"新"照片做"老"也成为一种技巧。老照片的特点是颜色发黄、颗粒粗糙、反差生硬，这种效果通过Photoshop处理很容易实现，一般就是减少色彩饱和度、增加对比、加强棕褐色，必要时添加一点杂色与划痕。至于给黑白照片加点暖调颜色，加点颗粒，提高一下反差，动几下鼠标就可完成。当然最简单的方法仍然是使用外挂滤镜。nik Color Efex Pro是一款性能强大的特效插件，包括了老照片效果；Alien Skin MultiGen系列中专门模仿胶片效果的插件Exposure，也可处理这种效果。此外，一款源于视频处理的插件AgedFilm，做老照片也不错。从综合性能上说，nik Color Efex Pro与Exposure可成为Photoshop用户的必备滤镜。

"拳击少女"照片，上图为原图。

中左图：采用nik Color Efex Pro制作的老照片效果。该图效果调制为棕色。

中中图：采用Exposure制作的老照片效果。使用Exposure模仿黑白胶片系列的早期照片效果不错，印刷图片本来效果即为黑白。

中右图：采用AgedFilm制作的老照片效果。该图效果为棕黄色调。

右图：AgedFilm工作界面，从图中可以看到AgedFilm几乎考虑到了老照片的所有因素：变淡变黄、沾染灰尘细毛、产生擦痕等。

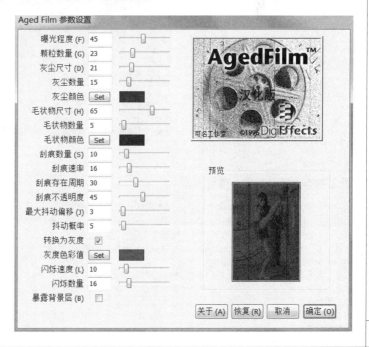

至第十一步的效果。

手工制作老照片效果，操作步骤：

第一步：打开灰度颜色照片，转换为RGB（如果是彩色照片，先转为黑白即可——当然如果不是RGB模式的话要转为RGB）。

第二步：执行"图像—调整"菜单下的"色相/饱和度"，在弹出的对话框中勾选"着色"复选框，设置色相为36、饱和度为41、明度为−11，单击"确定"。（右上图）

注意：此项参数是可变的，根据照片的亮度差异而不同。下面的"添加杂色"等参数也可能因照片大小而改变，本照片为900×1240像素。

第三步：新建一个图层。（右下图）

第四步：新建的图层填充黑色，执行添加杂色滤镜，数量为18，勾选高斯分布、单色。（下页左上图）

第五步：选取"图像—调整"菜单下的"阈值"，设置"阈值色阶"数

值为81。（下页右上图）

第六步：执行动感模糊滤镜，角度为90、数量为999。（下页左中图）。

第七步：设置图层混合模式为"滤色"。

第八步：复制图层，执行添加杂色滤镜，数量为8，勾选高斯分布、单色。（下页中图）

第九步：执行"滤镜—艺术效果"菜单下的"海绵"，设置画笔大小为10、清晰度为3、平滑度为5。（下页左下图）

第十步：执行添加杂色滤镜，数量为9，勾选高斯分布、单色。

第十一步：添加曲线调整图层，调整曲线，设置输入为78，输出为32。（下页右下图）到这里基本完成，当然还可以进行一些调整使画面更加完美，比如擦掉一些多余的亮线之类。

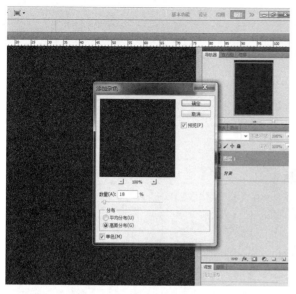

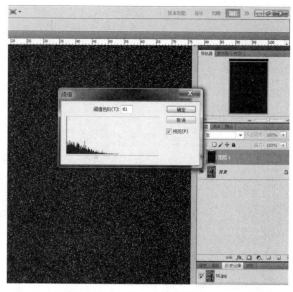

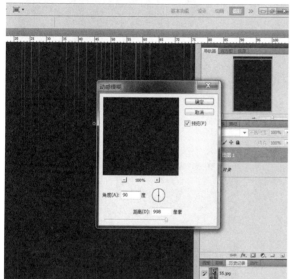

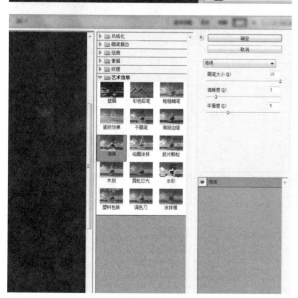

上图：nik Color Efex Pro工作界面。这里选择了一种墨水（Ink）效果。图中左边为各种效果选项，包括肖像（Portrait）、风光（Landscape）、风格（Stylizine）、传统（Tradition）四大类，由此可以看出这一著名特效软件对于后期处理的思路。中间为处理效果预览窗口，可以一边调整一边即时查看效果。右边为参数设置窗口，用户可以选择一些基本的预设并调整各项参数，以获得自己希望的效果。

下图：Alien Skin Exposure工作界面。本页下图模拟柯达T-MAX P3200黑白胶片效果，下页图模拟富士彩色反转片效果。

包括黑白（Black and White Film）与彩色（Color Film）两个程序，几乎囊括了传统摄影时代所有著名胶片型号，还包括一些特殊摄影效果的模仿等，可以帮助用户创作丰富多彩的影像风格。

（四）各种胶片及其扩印效果

传统摄影中，正片（即反转片）的影像效果清晰锐利、色彩浓郁通透，这种亮丽饱和、颗粒细腻、层次鲜明的效果令人眼前一亮，使用正片拍摄俨然是"专业摄影师"的标志。

数码摄影时代，仍然有不少人对正片的成像风格有着浓厚兴趣，认为数码相机直接出片的色彩、层次表现远远不如胶片，因此试图在后期处理中采用种种方法模拟胶片效果。因为有这种兴趣的人非常之多，不少图像处理小软件、一些RAW处理软件，都内置了胶片模拟效果，甚至有专门的"Digital Film 数码正片"软件，为人们提供非常简捷的方法，让数码照片在"一瞬间自动获得反转片般迷人的效果"。

实际上，只要掌握了基本的Photoshop操作技术，并且对正片、负片的影像风格有明确的认识，在Photoshop中模拟正、负片的风格是相当容易的。一般来说，对于数码相机拍摄的照片，要模拟正片效果的话，采用色阶工具，使图片的反差加强，再适当提高图像的饱和度，并且使它变得更锐利；模拟负片，一般来说可稍稍降低一下反差，让色彩变得更柔和。

由于人们对正片成像风格的认识并不一致，不少新生代数码摄影师并没有使用传统相机的机会，甚至没有见过正片，我们不建议摄影者自己动手在Photoshop中模拟胶片风格，而是可以采用自动化的Photoshop插件。这些专门为模拟胶片风格而开发的软件，开发人员对各种胶片的色彩、层次特性做了大量研究与统计，使用它们仅需一个动作就可以近似地模拟不同品牌、型号的胶片效果，包括其反差、色彩倾向与颗粒效果。还能够模仿使用不同相纸扩印甚至打印机的效果。这方面的软件很多，都是非常简单而有效的辅助工具。在模拟胶片与扩印效果方面，笔者比较欣赏的是Alien Skin Exposure。

三、黑白照片着色

　　传统上一般是对黑白照片手工着色，数码时代在电脑里把黑白照片变彩色相对要简单一些，但不论用笔还是用电脑，都需要有一定的美术基础。用电脑处理的基本思路，是把画面上需要涂上不同颜色的地方单独选取出来建立图层，然后使用画笔工具、选取相应的颜色、设置画笔模式为"颜色"，分别在各自的图层上描画就可以了。

　　除了使用画笔描绘，另一种思路是使用"曲线"工具调整颜色。如使用"曲线"工具，可将照片转换为CMYK颜色模式，然后在"曲线"窗口分别调整青、品红、黄三种颜色的曲线，可以获得比较理想的效果。

　　操作的关键，一是要把需要描绘不同颜色的区域精确选出来，如果图像比较复杂，这一步或许需要花费大量工夫，但它是不可避免的。处理方法上建议使用图层蒙版，需要多少种颜色的着色就把照片复制为多少个图层，每个图层用蒙选取出需要着色的部分。再就是精确定义颜色。比如人物皮肤的颜色，如果没有专业的颜色资料库，可以打开一张皮肤颜色比较准确、漂亮的人像照片，用工具面板上的吸管工具点击皮肤颜色最好的部位，即可把Photoshop的前景色定义为这种颜色。

"小男孩"照片，下页下左图为着色后的效果。处理要点：
将背景图层复制三个图层，添加图层蒙版，第一个图层将人物主体选取出来（其实是为了处理背景）、第二个图层将人物皮肤选取出来、第三个图层将需要着色的衣服选取出来。然后，选取画笔工具（工具面板上的毛笔图标），属性栏上设置模式为"颜色"，设置合适的笔触大小，将皮肤图层描绘为皮肤色，衣服图层描绘为青蓝色。最后设置前景色为蓝色、背景色为黑色，工具面板上选择渐变填充工具，属性栏上选择中心向外的圆形渐变，在背景图层上拉动鼠标填充蓝色光照效果。

"致命一剑"原图（经过基本的色阶调整）。

对蓝色通道执行曝光过度滤镜的效果。

利用Exposure模仿富士反转片效果。

利用Exposure模仿柯达黑白胶片效果。

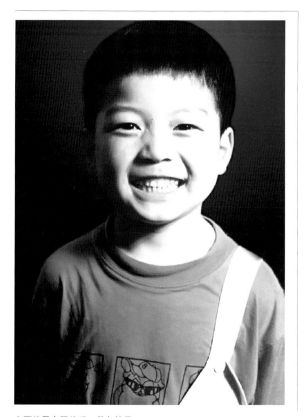

上页的黑白照片手工着色效果。

102页的手工制作老照片并使用"光影魔术手"加边框的效果。

　　"自驾走天涯"照片，前景是散发着高贵气质的越野车，清晨的第一抹阳光照射在作为背景的山坡上。为了用精美的图片表达"自驾走天涯"的自豪感，对原照片进行了明暗、反差、色彩、锐度等方面的调整，模仿德国镜头拍摄反转片的眼力、厚重效果得到上图。

使用nik Color Efex Pro模拟彩色红外胶片效果。

使用图层方法调制的红青3D图像，佩戴红青眼镜可以观察到立体效果。当然这是一种很不专业的做法。如追求专业的3D效果，应该使用两台相机拍摄两张照片（或专门的3D相机或多台相机拍摄多张照片）并使用更专业的软件制作。

"自驾走天涯"原图。

"德味"

　　除了各种胶片，传统摄影时代对成像风格影响最大的还有镜头。由于德国是摄影器材最初发展之地，德国产品就有可能很"神圣"。对一些摄影者来说，莱卡、蔡司等"德头"是他们的梦中情人，他们认为这些"德国""专业"镜头拍摄的照片别有一种"味道"，绝非二三流的"日本"镜头所能比拟。

　　对于这一点，我们当然没必要迷信，但是，莱卡、蔡司等德国镜头确实是非常优秀的光学产品，这些镜头通过莱卡、哈苏等相机在反转片上留下的影像令人怀念，也为我们在后期处理的时候提供了一种可以接受的参照物；甚至通过电脑后期处理方法让使用二三流"狗头"甚至DC（傻瓜机）拍摄的照片也有了"德头的味道"，何乐而不为。

　　学习"德头的味道"，有两个方面，第一个方面，从某种意义上说，那些"德头"留给我们的优秀影像，大部分都是大师的作品，所以首先要学习的是他们的摄影观念、构图方法、拍摄技巧。欣赏大师的作品，往往能够直接感受来自画面的冲击力，因为优秀的作品一般主题突出、构思独特，画面内没有丝毫多余的东西。大师的技巧与观念不是一两天可以学到的，我们可以先从简单入手——追求画面的简洁；从拍摄入手——追求鲜明的光影效果，尤其在拍摄风光、小品时，不要害怕逆光、侧逆光；从数码的特征入手，拍摄时注意高光部分不要曝光过度。第二个方面，镜头的成像特征尽管大家的理解不尽相同，但一般还是认为"德头"的特点是色彩浓烈，反差较大，锐度很高，细节清晰但不干涩，有"油润感"，高光部位偏暖调，阴影部位偏冷调。这种特点在拍摄风光反转片作品时尤其突出。这也说明优秀的德国镜头加上反转片对风光场景的再现非常传神：自然光线的特点本来就有高光偏暖、阴影偏冷的特点，并且光线好的时候细节很突出。

　　在电脑中模拟，除了拍摄时要加以注意的，处理中基本上与一般模仿正片风格的处理方法差不多；所不同的，要注意追求极致的简洁效果，如果画面上出现了多余的东西，要毫不犹豫地把它压暗，或者模糊掉。在作锐化处理时，要注意锐化方法，不要对大片天空、水面进行锐化，有必要的话，对这些部位进行降噪处理。再就是可对高光、阴影部位分别调整偏色效果——实际上，如果我们在空气非常好的晴天拍摄，采用日光白平衡，高光部分必然偏暖调，阴影部位必然偏冷调。采用这种方法处理，会加强画面的反差，也会使画面色调显得更自然。

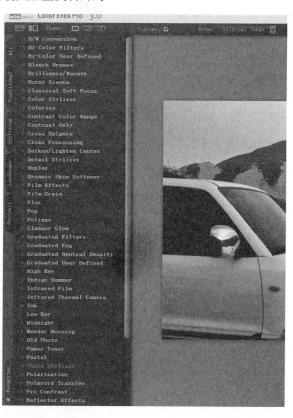

使用nik Color Efex Pro中的预设效果直接调整风光照片，也可以获得比较"通透"、"艳丽"的效果。这是使用其中的Photo Stylizer调整"自驾走天涯"照片。

108 页"自驾走天涯"照片效果操作步骤：

第一步：打开照片，观察画面发现两个明显缺陷——天空部分面积过小、画面不够干净。先把画面上多余的东西修掉，比如1处的黑点、2处的人物等。（上图）

第二步：选取"图像"菜单下的"画布大小"，把画布高度扩大。（中图）

也可以使用裁剪工具，用鼠标拉框框住整个画面，再把鼠标往上方拉出适当大小。

第三步：用矩形选择工具框住天空，然后用移动工具拉动选框内容，使天空填满扩充的画面。（下图）

第四步：使用 Nik Viveza 外挂滤镜，新建多个控制点，分别调整天空、汽车、山坡等的颜色与亮度。（下页上图）

这一步的基本思路：让天空变冷变暗、山坡太阳照射部分突出亮度与暖色、汽车保持一定的暖亮色等。

第五步：执行色彩平衡，选阴影为增加青色、蓝色，再选高光略微增加红色、黄色，使全图整体高光偏暖、阴影偏冷。（下页左中图）

第六步：查看颜色通道，绿色通道细节最好，选取绿色通道，按"Ctrl+A"全选。（下页中中图）

第七步：回到RGB模式，打开图层面板，按"Ctrl+V"粘贴，设置新图层混合模式为"线性光"，设置"填充"（不是非透明度）为50%，然后执行"高反差保留"滤镜，调整数值见到画面锐利程度最佳为止。（下页右中图）

小结：基本上可以认为下列公式成立——线性光+高反差保留=USM锐化，但众多用户的操作体验表明，使用"线性光+高反差保留"的方式，尤其在适用50%填充的情况下，更便于精确控制。

第八步：微调亮度、对比度，完成处理。

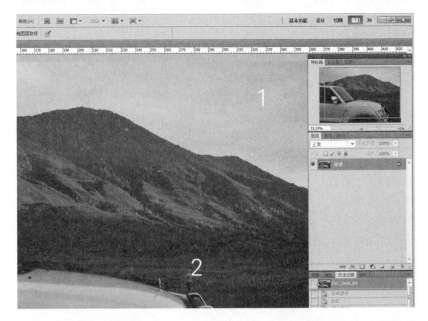

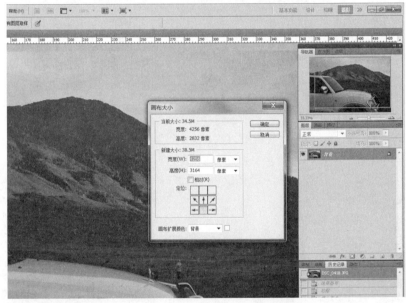

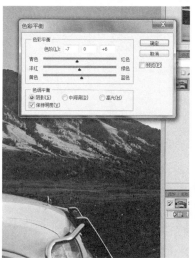

转换为黑白照片后，经过处理的图像（左图）也显得更通透。

四、特殊摄影的处理与模仿

（一）红外线摄影

数码相机红外摄影

红外摄影是利用红外线成像的摄影，传统上通常使用红外线胶片和红外滤镜。因为红外线特别的影像效果，受到不少摄影家青睐，成为摄影创作的一种手段。尤其在风光摄影领域，红外影像展示了无穷的魅力。

传统摄影上，黑白红外胶片主要感受红外线，彩色红外胶片则对红外线和可见光均敏感，可以拍摄混合感光照片。事实上彩色红外胶片的彩色只能称为伪彩色，因为它将红外成像显示为红色，并非人眼所看到的颜色。对于普通摄影而言，红外线和紫外线都是成像的有害因素。但非红外胶片对红外线并不敏感；数码相机对紫外线也不太敏感，对红外线则依靠感光元件前的低通滤镜来阻挡。

如果要用数码相机进行红外摄影，需要两个条件：使用红外滤镜阻挡可见光；移去照相机内部的低通滤镜让红外线通过。有些数码相机本身具有红外摄影功能，当这一功能开启时，相机会自动把低通滤镜移开。没有这一功能的相机，就需要进行改装，一些热爱红外摄影的人，甚至拆开单反数码相机，把感光元件前面的低通滤镜拆下。

拆除数码相机的低通滤镜后，数码相机就成半红外相机，拍摄时如镜头前不叠加红外滤镜，则为可见光占优势的半红外彩色照片；叠加可透过一定可见光的红外滤镜，则为红外线占优势的半红外彩色照片；叠加完全不透过可见光的红外滤镜，则为纯红外照片，一般表现为反差较强的黑白照片。对于半红外照片，拍摄完毕后，一般来说还应该在Photoshop中进行一些处理，主要是用色阶工具改善照片的反差，一般还需要把蓝色通道与红色通道互换以恢复天空的蓝色。

模拟红外效果

在Photoshop中模拟红外线摄影效果，主要是采用通道混合器，通过提高绿色通道，降低红色、蓝色通道的输出数值来将红色及蓝色压暗、绿色提亮。尽管与真正的红外线摄影效果尤其是红外胶卷摄影效果相比还是有一定差别，但采用这种方法可以最大限度地接近它，尤其对于有这蓝天、绿树的风景，很容易制造一种梦幻效果。

彩色半红外照片的处理。左上图为原图转黑白、左下图为处理后的照片转黑白效果，均使用"黑白"命令中的黄色滤镜，可见左上图天空颜色偏红、左下图天空颜色则接近正常蓝色。
处理要点：在Photoshop中将红、蓝通道互换。右图为方法之一：执行通道混合器，输出通道选蓝色，把蓝色通道数值改为0、红色通道数值改为100，蓝色通道被红色通道替换；然后输出通道选红色，把红色通道数值改为0、蓝色通道数值改为100，红色通道被蓝色通道替换。

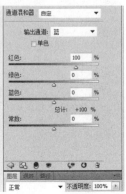

（二）3D 摄影

3D照片可以使用两台或多台相机同时拍摄，或使用一台相机对静止物体在不同位置多次拍摄，或使用专门的3D相机拍摄。在输出时，针对不同的输出媒介，需要进行比较专业的处理。更有趣的是，大多数3D处理软件都可以把一张平面照片转化为3D效果，基本思路是根据远近把画面中的内容分出层次，每一距离的景物作为一个图层单独处理。处理过程中创建的图层越多，得到的照片立体感越明显。如果有兴趣，可以从网上搜几款3D软件体验一下。

这里介绍一种简单的方式，在Photoshop中把图像处理为红青3D图像，佩戴红青眼镜可以看到立体效果。当然这种方法最好不要用于真正的3D图像输出。

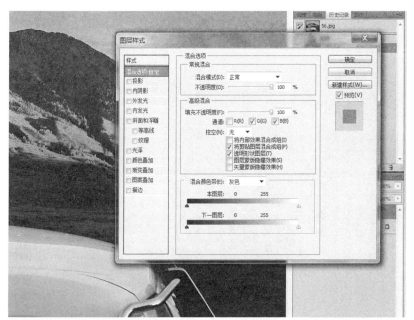

一种制作红青3D图像的简单方法。操作步骤：

第一步：打开照片，按"Ctrl+J"复制背景图层。

第二步：打开图层"混合选项"，在"高级混合"框中，"通道"后面R、G、B前面每个小方框默认状态下都有一个对勾，把R前面的对勾打掉。（上图）

第三步：用移动工具拖动图层，效果开始出现。（下图）完成效果图见108页。

（三）LOMO 与针孔摄影

　　LOMO本来是一种随手拍的廉价相机，但居然被玩成了一种文化。在其"不要想，只管拍"的"简约"外衣下，LOMO摄影其实是一群非主流摄影者彰显自身品位、突出个性的方式，他们认为，LOMO摄影者拍摄的是自己的生活，眼睛看到的和"眼睛看不到的"，所以LOMO就是想象不到的特别，模糊与随机性才是经典。我们现在所看到的LOMO照片除了画质低劣，还因为其诡异的色彩令人眼花缭乱。在Photoshop中制作LOMO效果，要点是：极端地提高色彩饱和度、根据画面内容使色彩相应的严重失真、画面暗角严重、反差生硬。当然也可以反其道而行之：画面泛白、色彩平淡、毫无反差等。

　　本质上，针孔相机摄影才真叫简约到极点：它连"镜头"都没有。针孔成像总体发虚、暗角严重、画质低劣，但在某种时候或许恰恰是表现主题的方式。在Photoshop中制作针孔效果，就是把"好"照片做成"坏"照片，当然要注意把握主题与影调，技术问题就不那么重要了。

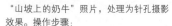

"山坡上的奶牛"照片，处理为针孔摄影效果。操作步骤：

第一步：打开照片，用椭圆选择工具大致选取奶牛，并对选区进行羽化。（右上图）羽化数值与图像大小有关，这里所用的图片长边为1200像素，设置了160的羽化数值，比较合适。

第二步：反选选区，然后执行"径向模糊"滤镜，选"缩放"，数量2。（右下图）

第三步：使用色阶工具，让图像选区变暗。（下页左上图）

第四步：取消选择，执行"镜头校正"滤镜，给图片添加更明显的暗角。（下页上右图）效果可强烈一些。

第五步：执行"模糊"滤镜，还可以再减少画面的对比度与亮度，完成处理。

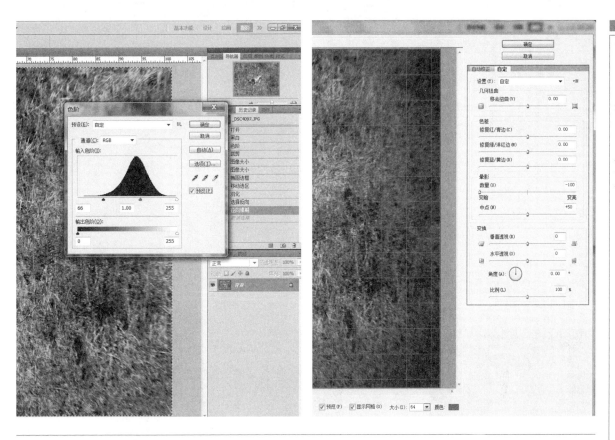

  "山坡上的奶牛"照片,一种简单方法创建泛白的LOMO效果:打开图像,新建一个图层,设置混合模式为"柔光";然后设置前景色为70%灰、背景色为白,使用渐变填充工具,属性栏上选择"径向渐变",在新建图层上填充由灰到白的圆形渐变,多拉几次鼠标以得到理想效果。也可以尝试改变图层的混合模式,图像效果会有变化。

（四）鱼眼镜头效果

摄影中的鱼眼镜头有两个特点，一是视角特别广，至少在对角线方向可以达到180度，二是没有纠正变形。要在Photoshop中模拟鱼眼效果，第一个特点是没法实现的，照片已经拍下，你不可能增加它的拍摄范围。第二个特点就非常容易，主要通过"球面化"来实现。

好在不少人喜爱鱼眼效果的第一原因就在于它的变形，利用它的变形来拍出有趣的图像。鱼眼镜头属于特超广角镜头，如果非常靠近被摄对象，透视与变形效果非常夸张，画面相当有趣。因此使用动物的"大头像"来模拟鱼眼镜头效果比较容易出彩。

Photoshop中与变形有关的滤镜都集中在"扭曲"中，"镜头校正"滤镜也可以反过来用来加强畸变。此外，如果把照片复制为图层，编辑菜单下有一个"自由变换"、"操控变形"，可以对图像进行各种变形操作。

"一只猫"照片，处理为鱼眼效果。操作步骤：

第一步：打开图像，按"Ctrl+A"全部选择，按住Ctrl键的同时用鼠标依次拉动图像上面的两角，让图像上面的部分放大变形。拉好后按Enter键确定，并取消选择。（右上图）

第二步：执行"球面化"滤镜。（右下图）当然，对完成后的效果还可以调整一下反差与锐度等。

（五）动态摄影

拍摄动态效果的照片主要有三类方法：第一类是照相机不动，对运动物体作比较长时间的曝光，比如用稍为较慢的快门速度（相对要把运动物体凝固的高速快门）拍摄体育运动或舞台演出，比如用慢门（甚至几分钟或更长时间）拍摄流水等；第二类是让照相机有一定动作来拍摄运动或静止的物体，比较典型的运用是追随拍摄与变焦拍摄；第三类是通过在镜头前叠加各种动感滤镜来拍摄，使用较多的动感滤镜主要是爆炸效果滤镜和旋转效果滤镜等。作为特殊效果，在Photoshop的模糊滤镜中都可以实现。由于Photoshop处理特效的轻松与方便，不少摄影师甚至认为数码时代特殊效果滤色镜已经没有必要。

"哈萨克骑手"照片，强化动态效果。

左上图的处理方法：

第一步：执行"径向模糊"滤镜，选"缩放"，数值看效果而定。（左下图）

第二步：选取历史记录画笔，把主体需要清洗的部分勾画出来，注意清晰与非清晰的交界处并不一定要明确，以实际的动态效果最佳为好。

中上图的处理方法：步骤差不多，但第一步是执行"动感模糊"滤镜。（中下图）

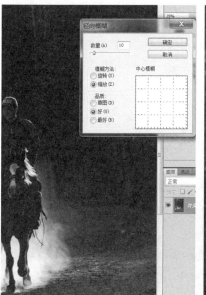

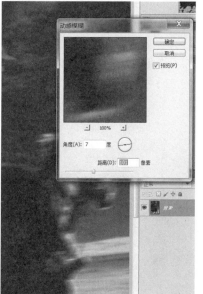

第二节 照片合成与数字滤镜

一、照片合成

合成是数码摄影的核心概念之一。数码相机的成像过程是一种合成，感光元件的每个像素获得极小一部分光学影像，由处理器通过运算得到和谐、完整的影像；感光元件也不能辨认颜色，拍摄中是把通过镜头到达感光元件的光线分解成不同颜色分别"感光"，再通过处理器的运算把它"合成"为景物的"彩色"。

"合成"一直被看作摄影创作的重要手段。从传统摄影时代开始，不少摄影者就高度重视不同影像元素在同一个画面上的合成，影像合成可能通过前期的多次曝光，也可能通过暗房的多底叠放等技术来实现，相关的技术技巧受到广泛青睐，并且用来创作各种五花八门的摄影艺术作品。对于数码照片的后期处理来说，合成变得非常方便，多个单独拍摄或制作的元素在同一幅摄影作品中的应用，从美化照片到制作复杂甚至抽象的影像作品，都有着广阔的创意空间。我们在这里讨论到的几种经典应用，比如全景拼接、HDR高动态范围合成等，已经被不少新一代照相机内置为机内拍摄与处理模式，也证实了这一"技术"的重要性。

数码摄影的多次曝光

多次曝光是许多摄影者非常喜欢的功能，目前不少数码相机均可直接实现这一功能，比如尼康的中高档数码相机都能够进行多次曝光拍摄。但我们一般不主张直接应用数码相机的多次曝光——除非你对后期图片处理一点也不会并且不打算学习。我们建议利用多次曝光的构思用照相机拍摄多张，然后在电脑中合成。这样做的理由是，不会因为多次曝光的拍摄失败而导致丧失一次拍摄时机；比如拍一张两次曝光的画面，如果用多次曝光拍摄失败，那两个画面就没有了，但如果是拍摄两张，在电脑中去合成的话，基本上会获得成功。

多次曝光或影像合成包含三种基本情形：一是对空间的合成，比较典型的应用是全景拼接；二是对时间的合成，即把不同时间的影像特征合成到同一个画面，比较典型的应用是夜景照片；三是技术或观念上的合成，比较简单的应用是多次曝光拍摄柔焦效果照片。影像合成可以看作多次曝光技术的延伸，它需要甚至依赖于后期处理，所以是一种典型的数码照片处理技术。

（一）合成全景照片

对一个广阔的场景，使用超广角镜头或许可以一次拍下来，但如果用广角甚至标准镜头拍摄多张然后在电脑中拼接成一张，就有几个优势：一是图像素质大幅度提高；二是镜头畸变大大减少；三是更长焦距的镜头带来更有冲击力的透视效果（注意是透视效果因为透视本身只与拍摄位置有关）。

为了精确合成，在拍摄多张时对照相机转动的角度、中心都有严格要求，但我们在一般拍摄中可以降低一些要求，只要做到以下几点就可以了：应该使用三脚架，如果是水平方向的拼接，拍摄过程中只改变水平方向的角度，垂直方向的角度、位置不能有任何改变；每一个画面应该有$1/3$左右的重复部分，使后期处理中方便衔接；照相机采取完全相同的设置，应该使用手动曝光、手动对焦、手动白平衡，对画面中最有代表性的光线测光，设定曝光后光圈、快门速度不要改变，设定白平衡（比如日光型或指定色温）后不要改变，对好焦后对焦距离不要改变。经验丰富后，如果手持相机也能做到以上几点的话，就可以基本上保证拍摄的成功。

后期处理很方便，打开Photoshop，选取"文件—自动"菜单下的Photomerge，按"浏览"找到拍摄的多幅照片，然后让软件处理即可。

"禾木"照片，站在山顶对着村庄手持相机水平方向横移拍摄了十张照片，然后在Photoshop中使用Photomerge功能拼接成一幅长长的全景图。

（二）大月亮与大太阳

很多人喜欢在风景照片上加一个大月亮或者大太阳，拍摄方法一般都是采用两次曝光，先用适当的镜头拍摄场景照片，然后换上长焦镜拍太阳或月亮。有些数码相机可以在机身内进行两张照片的合成，有些摄影师事先用长焦镜拍摄多张月亮或太阳照片，月亮或太阳分别位于画面不同位置，把这些照片储存在卡上，以后要在新拍的照片上添加月亮或太阳时，调出合适位置的一张就可以了。

在电脑里合成当然更方便，太阳或月亮的大小、位置可以自由调整，甚至月亮或太阳前面有遮挡物也很好处理——如果是照相机直接多次曝光的话是很难拍到这种画面的。

"胡杨林落日"照片，下页中图为两幅素材照片——落日与胡杨林，我们要在Photoshop中将它们合成为一幅。操作步骤：

第一步：打开胡杨林照片，因为基本上是剪影，要把前景抠出来还是很容易的。

第二步：在通道面板查看各通道的灰度图像，发现红色通道前景与天空之间的反差最大，选取它，按"Ctrl+A"全选，再按"Ctrl+C"复制。

第三步：打开图层面板，按"Ctrl+J"复制背景图层为新图层。

第四步：为图层添加蒙版，按住Alt键的同时点击图层蒙版缩略图，使蒙版可见（主窗口显示蒙板内容），按"Ctrl+V"将复制的红色通道图像贴入蒙版，执行"亮度/对比度"工具加强对比度。（上图）

第四步：执行"图像—调整"菜单下的"反相"。（下图）

本制作的要点在于对图层蒙版进行处理，因白色表示被"蒙版"图层的内容完全可见，黑色表示不可见，对此图而言，添加蒙版并进行上述处理后图层的前景是不透明、背景则是透明的。

第五步：选取背景图层，打开太阳素材，复制并把它贴入胡杨照片。

第六步：调整太阳的大小、位置，得到下页下图的效果。

这里把天空也换掉了。如果不想换天空，则需要把太阳抠出来。

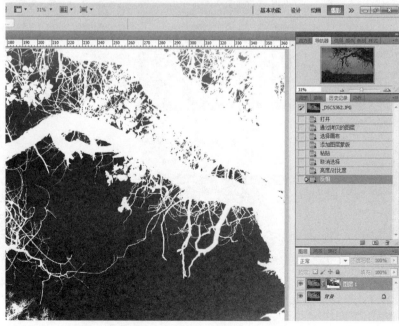

"胡杨林月夜"，使用与"胡杨林落日"相同的方法制作。此图胡杨林使用广角镜头拍摄，月亮使用400mm超远摄镜头拍摄，但在合成时还是把月亮强制放大了。这也从另一个方面验证了后期合成比前期多次曝光拍摄具有更大的灵活性。

（三）分身照

使用两次曝光拍摄分身照是一种常见的玩法，一般做法是把照相机固定在三脚架上，人物先在一侧，用卡纸遮住镜头一半拍摄一次，然后人物走到另一侧，遮住镜头的另一半再曝光一次。多次曝光拍摄包含两个"人物"的分身像是比较容易的，但如果四五个甚至更多，或许就只能在软件中完成了。拍摄这类照片的关键是照相机一定要固定不动，镜头焦距、快门与光圈、白平衡保持一致，后期处理主要在Photoshop中使用图层蒙版来完成。

"树下的少女"照片，上图是三幅分别拍摄的照片，女孩在不同的位置。在Photoshop中打开这三幅照片，把另外两幅贴入第三幅，为上面的两个图层分别添加图层蒙版，在图层蒙版上用黑色把人物周围部分涂掉即可。

（四）柔焦效果

个别传统相机具有两次曝光拍摄柔焦效果的功能：一次曝光拍摄清晰的影像，另一次曝光拍摄模糊的影像。我们可以把照相机固定在三脚架上，拍摄一幅清晰的照片、一幅对焦点在无限远的照片，然后在电脑中合成。这种柔焦技巧用来拍摄花卉、静物很有效，但如果拍人像的话，就得要求模特儿在两次拍摄中保持纹丝不动。

图层与影像合成：混合模式

在Photoshop中，图层相当于把多张照片（透明的反转片或不透明的照片）叠放在一起，图层有许多种混合模式。在正常模式中，只有处在最上面的图层才是可见的；当然，可以调整这一图层的不透明度，这样就可以看到一种类似于两张底片叠放的效果了——不透明度不同，效果会有很大差别，相当于我们在把两张底片放大到同一张照片上时，对两张底片的曝光时间分别给予不同的控制一样。和拍摄中的多次曝光、暗房制作中的多底叠放不同，图层的合成效果可以在屏幕上直接看到，而且有更多模式供我们选择。结合对图层不透明度的调整和其他功能的应用，图层混合模式的改变足以营造无以数计的令我们眼花缭乱的效果，是Photoshop最值得反复试验、运用的功能之一。

接下来要讨论的HDR高动态范围合成照片，其实也是一种非常复杂的合成方式。

"荷花"照片，处理柔光效果操作步骤：
第一步：在Photoshop中打开照片。
第二步：复制背景为新图层。
第三步：对图层执行"高斯模糊"滤镜，数值可大一些。
第四步：对图层进行"自由变换"，往右上方略微扩大，使虚影出现在合适的位置。（下图）
第五步：调整图层的不透明度使虚影比较程度恰当。
第六步：合并图层，用历史记录画笔涂抹荷花花蕊部分使之恢复清晰。

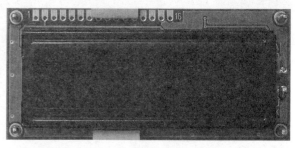

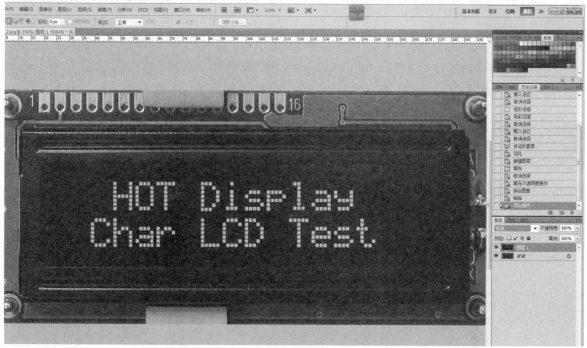

"液晶显示面板"照片，要想在拍摄中使照明面板部件的光线与面板显示的字母亮度适当平衡相当困难，两次曝光能够成为更容易的方法。操作步骤：

第一步：分别拍摄，用适当光线拍摄面板部件，然后在较暗的环境光下拍摄面板显示的字母。（上图）

拍摄过程中照相机、面板都不能有任何移动，照相机光圈、对焦距离不能有改变。

第二步：在Photoshop中打开这两张照片，复制字母照片粘贴在面板照片上方。

第三步：设置图层混合模式为"变亮"（下图），合并图层，进行常规处理即可完成全部工作。

（五）多次曝光拍摄夜景与电器

为了拍摄"明亮"的都市夜景照片，在画面上既可以清晰地看到被摄物体（比如楼房），又可以看到辉煌的灯光效果，一般的方法是在傍晚和天黑下来灯光效果出来以后分别作两次曝光。拍摄中不需要进行曝光补偿，关键是两次拍摄中照相机的位置、角度等不能有丝毫改变，镜头焦距与光圈值也应该保持一致。我们建议，即使照相机具有多次曝光功能，也应该分别拍摄两张照片，输入到Photoshop中，晚上的那一张作背景，白天的那一张作为图层放在上面，把混合模式设为变亮，就得到了灯火辉煌的白天景色照片。

此外，在广告摄影中常常要拍摄一些包含了闪闪发光的指示灯、显示面板之类的仪表与家电产品，也可以采用这种方法拍摄：一次曝光拍摄产品本身，一次曝光则关闭对产品的照明灯，对指示灯或显示面板测光拍摄即可。

"上海环球金融中心与金茂大厦"照片，明亮的夜景，包含白天的要素。操作步骤：

第一步：在天黑前、天黑开灯后各拍摄一幅照片。这两幅照片拍摄过程中照相机必须固定在三脚架上，照相机的光圈值、对焦距离也必须固定。使用此法拍摄到下图左、右的两幅照片。

第二步：在Photoshop中打开这两张照片，复制夜景照片粘贴在黄昏照片上方。

第三步：设置图层混合模式为"变亮"，合并图层，再进行一般风光照片的调色、锐化处理即可。上图为最终效果。

边缘光

半径 (R)：   25   像素

强度 (S)：   0.53

色调和细节

灰度系数 (G)：   1.00

曝光度 (E)：   0.00

细节 (I)：   30   %

阴影 (W)：   0   %

毫光 (00)：   0   %

颜色   曲线

自然饱和度 (V)：   0   %

饱和度 (A)：   20   %

曝光值 (EV)+1.00   曝光值 (EV)+0.51   曝光值 (EV)0.00   曝光值 (EV)-0.45   曝光值 (EV)-1.00   曝光值 (EV)-1.55

取消   确定

"陆家嘴中央绿地"照片，每半档光圈拍摄一幅照片，从-2EV~+1.5EV共拍摄八幅照片，用它们在Photoshop中合并为HDR高动态范围照片。

操作步骤：打开Photoshop，选取"文件—自动"菜单下的"合并到HDR"，在弹出的对话窗口加入这八幅照片，确定，出现左图的对话窗口，对照片进行一些调整即可。

结果为一幅典型的HDR高动态范围照片（上图），画面中的阴影与高光部分都被"压缩"到接近中间影调，都显示了丰富的细节。当然这样的照片不一定讨人喜爱，至少笔者本人认为，风景照片本来就应该该黑的地方黑、该亮的地方亮，才能够算是"通透"。

（六）HDR 高动态范围

根据大多数摄影者的使用体会，数码相机的宽容度比不上传统摄影的负片，和彩色反转片大体相当。当然，在画面光比过大的情况下，即使黑白负片那么大的曝光宽容度可能也兼顾不了明与暗的两头，往往是想把暗部拍清楚却导致亮部严重高光溢出，亮部曝光准确了，暗部却黑乎乎的一片。好在电脑影像处理给我们提供了解决这一问题的良方，使我们可以通过对同一场景采用不同曝光值拍摄两张甚至多张照片，在电脑中合成明暗兼顾画面层次更优秀的照片。在Photoshop中，这一操作非常简单和快捷。

具体方法是，把照相机固定在三脚架上，根据需要设定不同的曝光补偿数据拍摄多张照片。拍摄中除了必须使用三脚架，还应注意光圈值与白平衡数据保持不变。如果照相机有相应功能，建议使用光圈先决曝光模式、手动或预设白平衡，然后开启包围曝光拍摄多张。后期处理，运行Photoshop，执行"文件—自动"菜单下的"合并到HDR"命令，在打开的对话框中导入所拍摄的多张照片，然后再对电脑计算出的结果作些调整就可以了。

一些摄影爱好者对HDR照片非常着迷，不惜花费精力尝试种种HDR软件，比如Photomatix等，而且追求的效果已经跨越了高动态影调，做出的图像往往带有超现实主义的味道。我们在这里给大家介绍一个制作HDR"效果"（是效果而不是多幅照片合成的真正HDR照片）的Photoshop外挂滤镜，DCE Tools的ReDynamix，有兴趣的话可以去互联网下载试用版或购买正式版本。

使用图层方法提高动态范围

为了加深对Photoshop的图层与图层蒙版的理解，这里介绍一种使用两张照片提升画面动态范围的方法：

在Photoshop中打开这两幅照片，把曝光不足的照片拷贝到曝光过度的照片上面，得到一幅两个图层的照片，曝光过度的照片在下面——拷贝曝光过度的照片（点击背景图层，按Ctrl+A全选再按Ctrl+C），给曝光不足的照片图层添加图层蒙版，选取蒙版，粘贴拷贝下来的照片即可。如果对拷贝到蒙版上的图像作适当的柔化，最后效果会有所变化，可仔细观察效果反复调整到满意为止。

原理：图层蒙版用灰度直接控制所属图层的透明度，白色表示所属图层完全不透明，下面的图层完全不可见；黑色表示所属图层完全透明，下面的图层100%显示。灰色则显示相应的中间状态，越接近白色，所属图层在最终合成结果的图像中所起的作用越大；越接近黑色，所属图层透明度越高，它下面的图层在最终合成图像中所起的作用越大。这样，把曝光过度的图像放在下一层，用它的灰阶图做上面曝光不足图像的蒙版，曝光不足图像的高光部分被接近白色的颜色"蒙版"，它在最终图像中所起作用很大，暗光部分被接近黑色的颜色"蒙版"，它在最终图像中所起作用很小，而曝光过度（下面的图层）图像的暗光部分起作用很大，因此改善了照片的宽容度表现，使高光和暗光部位同时有了良好的层次。

"宏村"照片，拍摄两张照片、使用图层方法提高动态范围。操作步骤：

第一步：打开曝光过度的照片。　　　　　　　　　　第二步：把曝光不足的照片粘贴在曝光过度照片上方称为"图层一"。

第三步：复制曝光过度的背景图层，粘贴在图层一的蒙版里：添加蒙版，按住Alt键点击蒙版图标使其可见，粘贴。

第四步：再调整一下色彩、反差与锐度。

数码影像后期创意技巧

二、数字滤镜

（一）颜色滤镜

　　摄影中的颜色滤镜基本上有三类：一类是色温校正滤镜，用来获得准确的色彩还原；一类是用于黑白摄影的颜色滤镜，其目的是改变画面反差，以及调节画面某些颜色在照片上的亮度；第三类是让彩色照片染上某种颜色，获得另类色彩效果。这些滤镜效果在Photoshop中更容易实现。

　　模拟黑白摄影用的滤镜主要在"黑白"命令中，执行"黑白"命令把彩色图像转换为黑白时可模拟叠加多种滤镜的效果，我们已经在前一节中详细探讨过。用于彩色摄影的，则可选取"图像—调整"菜单下的"照片滤镜"命令。"照片滤镜"命令模仿拍摄时在相机镜头前面加彩色滤镜，以便调整通过镜头传输的光的色彩平衡和色温。

　　打开"照片滤镜"，从对话框中选取滤镜，可以看到多个预设滤镜，其中加温滤镜及冷却滤镜用于调整图像中的白平衡的颜色转换滤镜，如果图像是使用色温较低的光（微黄色）拍摄，则冷却滤镜可使图像颜色更蓝，以便补偿色温较低的环境光；如果照片是用色温较高的光（微蓝色）拍摄，则加温滤镜会使图像的颜色更暖。它们的型号不同决定补偿效果的不同，并且可调整"浓度"选项来改变颜色调整幅度。

　　当然，还有更多的预设颜色用来调整照片的颜色使之准确还原，如果觉得预设的颜色都不能满足需要，可选择"颜色"选项，点按该色块，从拾色器中选定一种颜色即可。使用照片滤镜除了改善色彩还原，还可以针对特殊颜色效果进行增强，如"水下"颜色模拟在水下照片中的稍带绿色的偏蓝色调。

"照片滤镜"使用方法：
打开图片，选取"图像—调整"菜单下的"照片滤镜"，出现照片滤镜对话窗口，如选择"滤镜"，包含了加温、冷却及多种颜色共20个选项，如下图1；下图2表示选择了85号加温滤镜，并且将浓度增加到80％，使画面严重偏暖色，出现一种特别效果。
如果选择"颜色"，则可以对滤镜的颜色进行自定义。

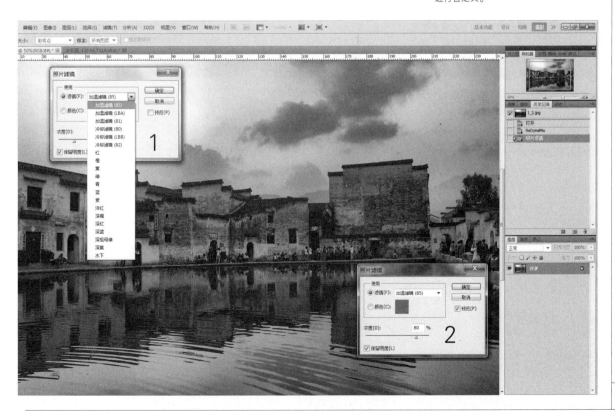

（二）渐变滤镜

摄影中的渐变滤镜一般有两种：灰渐变滤镜常常用于风光摄影，比如压暗天空；各种不同颜色的渐变滤镜则用于局部调色，比如模拟日出日落效果的橙渐变滤镜。灰渐变方法：打开图片，新建图层混合模式为柔光，根据需要压暗部分的位置与面积大小在该图层上作黑色到完全透明的渐变填充，调整一下图层的不透明度以得到更理想的效果。

如果进行从某种颜色向白色或透明色的填充，结合图层混合模式设置为颜色、叠加或正片叠底或更多的模式，就可以得到多种彩色渐变滤镜效果，比拍摄中加用相应的滤镜更好控制和更容易获得理想效果。此外，nik Color Efex Pro外挂滤镜也可轻松制作丰富的渐变滤镜效果。

模仿灰渐变滤镜：
打开照片，发现天空较浅（上图）。模仿渐变灰纠正的方法：新建一个图层，设置图层混合模式为"柔光"，在垂直方向作从深灰色到透明的渐变填充（下图）。改变图层混合模式、调整透明度等，效果会有变化，可进行多种练习与比较。

（三）中空滤镜

有多种中空滤镜：颜色滤镜，让画面四周部分染上颜色；中空朦胧镜，让画面四周朦胧；中性密度中空滤镜，让画面四周变暗，等等。中空滤镜一般不是渐变镜，但是，它们在画面上起作用的结果，是由滤镜中空的部位往四周逐渐加强，因此也可以看作一种渐变滤镜。

普通摄影者接触的滤镜大多是圆形，滤镜的直径与镜头滤镜接口的直径一致，就可以把它拧在镜头上使用。这种安装方式对于中空滤镜来说有一点不便，那就是无法把滤镜的中空部分定位到摄影者所需要的地方。因此，更"专业"的滤镜是方形，通过一个转接装置安装在镜头前面，这样可以把中空部分定位到任何需要的地方，比如有一段时间曾经流行一种大头照，人物除了眼睛清晰外其他部位都是朦胧的，一般都是采用这种中空柔焦镜拍摄。

在Photoshop中模拟中空滤镜非常方便，执行普通滤镜效果之后——比如制作了颜色滤镜效果之后，对颜色滤镜效果图层添加蒙版，在蒙版上填充中心渐变即可。

模仿中空动感滤镜：
打开照片，执行"径向模糊"滤镜，选择"旋转"，注意把旋转中心点拉动到人物面部中心位置（下图）。确定后选择历史记录画笔工具，把人物主体等需要清晰的部位描画出来。
中空模糊滤镜，步骤与上面差不多，但对画面执行的是"高斯模糊"滤镜。

（四）星光镜

星光镜的作用是使画面中的点光源产生光芒，一些小图像处理软件有自动加星光的功能。在Photoshop中，我们可以先把画面中的点光源选出来，方法是执行选择菜单下的"色彩范围"命令，在对话框中选择画面中的灯光，对选择作适当的调整，基本选取灯光（或其他点光源）的大致范围或稍大一点的范围，然后执行图层菜单中新图层"通过拷贝的图层"命令（快捷键Ctrl+J），复制新的图层（需要多少个图层则看需要多少个光芒，比如四角形光芒新建两个图层就够了），对每个图层分别执行"风"滤镜，每一图层的方向分别调整。然后合并所有新图层，混合模式设置为"滤色"，在这一图层上调整光芒的亮度、色彩等达到最佳效果。

"卢浦大桥"照片，添加星光效果。操作步骤：

第一步：打开照片，复制背景为"图层一"。（下图）

第二步：选取"图像—调整"菜单下的"阈值"，调整参数使画面只有灯光部分为白色。然后复制此图层。

第三步：对一个图层执行"滤镜—风格化"菜单下的"风"。要执行两次，一次选择方向"向左"，一次"向右"。（下页上图）

第四步：选择另一个图层，旋转90度，然后执行两次"风"滤镜，一次"向左"，一次"向右"。（下页中图）

第五步：把该图层反方向旋转90度，恢复原来的方向。

第六步：设置最上面图层混合模式为"变亮"。（下页下左图）

第七步：选择这两个图层，合并，把图层混合模式改为"绿色"，调整不透明度达到最佳效果。（下页下右图）

上图为完成后的效果。

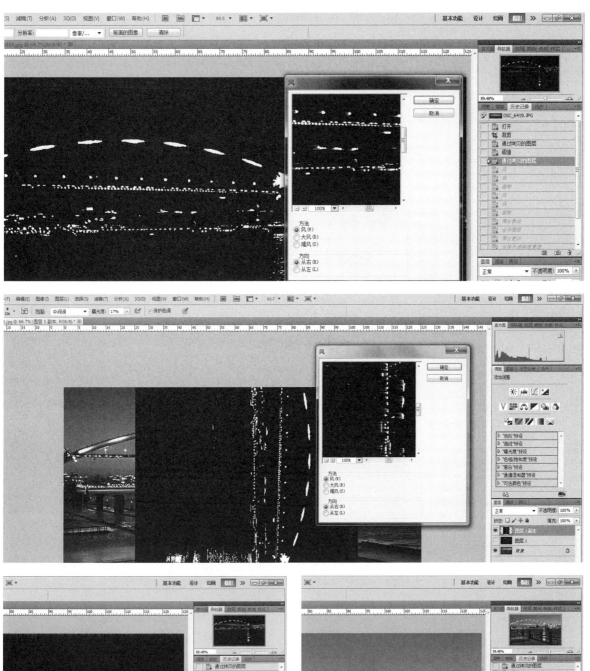

第三节 更多传统与数码暗房效果

正片负冲效果

胶片时代，正片负冲（即使用负片冲洗工艺来处理正片）在婚纱摄影中是比较常见的技法，它的目的一般是加强画面的黄色调，出现一种"柠檬黄"的效果，以及调制出较大的反差，给整个画面一种强烈的另类怀旧色调，也有人把它用在少女人像照片上，令照片弥漫一种前卫甚至颓废的色彩。在Photoshop中作正片负冲效果，建议采用傻瓜方法，比如使用曲线工具"预设"下的"反冲"。也有一些外挂滤镜可处理正片负冲效果。比如著名的nik Color Efex Pro，不但可以作正片负冲，还可以作负片正冲效果呢！

中途曝光效果

所谓中途曝光，是指在冲洗胶片的过程中让胶片感光，这是一种操作不很复杂但结果很难预见的方法。中途曝光的照片，基本特征是画面内同时存在正相和负相，并且部分边缘被强化。在Photoshop中模拟中途曝光，主要采用曲线调整、执行"曝光过度"滤镜的方法。

用nik Color Efex Pro作正片负冲效果。从下图nik Color Efex Pro 4的工作界面可见，nik Color Efex Pro，该程序集成了多种"交叉冲印"效果，不但有正片负冲（E6到C41），还有负片正冲（C41到E6），并有多种预设效果供其直接选用。（E6是冲洗彩色反转片的专业药水与工艺，C41则是冲洗彩色负片的药水与工艺）

左图：历史记录面板中的记录步骤表示，当我们执行nik Color Efex Pro外挂滤镜，选定某个项目并确定后，它所运行的包括多个步骤，因此nik Color Efex Pro可以理解为一个Photoshop动作的大集合，每一个命令其实是启动一系列Photoshop动作。

"漂亮女孩"原图。

"曲线"中的"负冲"预设效果。

nik Color Efex Pro处理负冲效果。

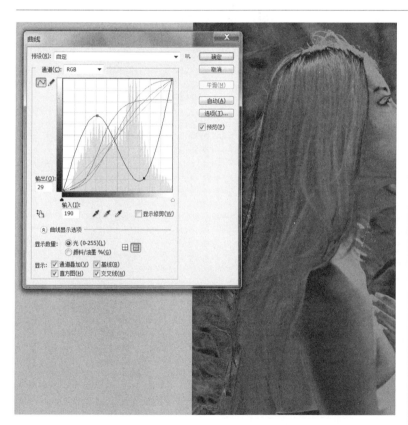

模拟中途曝光的方法。右上图的效果：执行曲线，先选取"负冲"预设项，然后把曲线拉成上图的样子。

这里的正片负冲、中途曝光效果，如果直接观看彩色照片，效果更强烈。

右下图：先对照片的蓝色通道执行曝光过度滤镜，再将照片去色，然后对整个图像执行曝光度滤镜的效果。中途曝光效果明显，但是否适合图像的表现，则需要用心把握。

模仿素描

素描的特点是注重线条表现，显得非常朴素。一些外国摄影师在传统暗房操作上也探索了一种"影调—线条技法"，基本思路是把原底进行高反差复制，然后把原底和复制底片叠在一起放制照片。这种方法国内摄影师也作了大量研究，通过综合运用得到素描等五花八门的效果。

在Photoshop中制作仿素描效果照片的关键是做好线条效果，本书作者收集了多种方法，经反复试用，发现有两种方法比较有效：第一种是，复制一图层—去色—复制这个图层—反相—混合模式为"颜色减淡"—最小值；第二种是，反相—执行"查找边缘"滤镜—"阈值"。这两种方法在不同类型的照片中的效果不尽相同，可以分别试用一下选择你喜欢的效果。

这里以一幅风光照片为例来展示处理过程。不同照片的处理思路与过程不尽相同，要注意灵活运用。

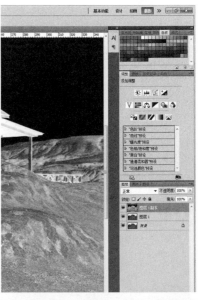

"五彩滩的小屋"照片，左下图为原图，左上图为素描效果。操作步骤：

第一步：打开照片，复制背景图层为新图层，去色。（中上图）

注意，去色可参考前面转黑白照片的技法以获得最佳层次与反差。

第二步：把去色的图层再复制一次，并执行"反相"。（右上图）

第三步：设置最上面图层混合模式为"颜色简单"，执行"最小值"滤镜，设置参数使画面萧条效果最明显。（中下图）

第四步：打开"混合选项"对话框，按住Alt键的同时点击右下图箭头处合并在一起的两个白色半三角，会将它们分开，把左边一个往左边拉，让下面图层的浅灰色适当显示，素描效果更明显。（右下图）

第五步：合并图像，在调整一下亮度、对比度即可。

水彩画效果

在Photoshop中有一个水彩画笔滤镜，可以直接使用，当然，为了得到更好的效果，就必须采用稍稍复杂一些的方法：打开一幅想要制作成水彩画的图像文件，执行模糊滤镜中的"特殊模糊"，调整各项参数观察画面出现你所需要的绘图效果，然后执行艺术效果滤镜中的"水彩"，一般设置笔画细节为14，暗调强度为0，纹理为1。这以后还要调整一下画面的亮度与对比度使之颜色鲜艳、影调明快，最后执行纹理滤镜中的"纹理化"，细心调整各项参数，使画面具有纸纹效果即可。

油画效果

在传统婚纱摄影中，油画效果被广泛应用，其方法不是通过影像特技而是通过对照片的装裱，选取一些比较适合表现油画效果的照片采用冷裱或热压，使其得到色彩艳丽和朦胧的立体感，再装上一个大大的油画框就可以交给顾客了。数码照片如果是打印或激光放大出来挂在墙上，也可以通过同样的方法来把照片"伪装"成一幅油画。但如果要在电脑上看到或在印刷品中实现油画效果，就需要对照片本身进行处理。

方法分两步，第一步是模仿油画笔触：打开图片，适当加大图像的反差和色彩饱和度，执行"艺术效果"滤镜中的调色刀滤镜，调整其中的设置得到满意的效果。另一种比较复杂的描绘油画笔触的方法，是使用历史记录艺术笔工具，样式设置为"绷紧中"或"轻涂"，笔触设置小一些（越小越逼真，越大越抽象），新建一个图层在画面上描绘。第二步是添加油画布的网纹，复制背景层，在图层上执行纹理化滤镜，选择画布方式，小心调整一下各参数达到满意效果。

"宏村"照片，上图为原图，下左图为水彩画效果，下右图为油画效果。

水彩画操作步骤：打开照片，执行"特殊模糊"滤镜，执行"水彩画"滤镜。各项参数可自己根据画面效果设定。

油画操作步骤：打开照片，执行"调色刀"滤镜，执行"纹理化"滤镜（选择"画布"纹理）。

此两种效果均可以执行"色相/饱和度"，把颜色调得很饱和。

设置图层混合模式为"叠加"，图层不透明度为30%左右，可以改变一下混合模式和不透明度看看效果，到满意时为止。

如果需要有强烈的油画笔触质感，可以使用一张油画笔触的黑白照片，叠加在经过处理的照片上，设置混合模式为"柔光"。这种方法更适合表现抽象的油画。

"宏村"照片，水墨效果图。

水墨画效果

水墨画的特点是画笔边缘有柔和渗出晕化效果，在传统暗房中主要是通过两次放大曝光来实现，一次实一次虚，有经验的暗室工作者在第二次（虚焦）放大曝光时会缓缓移动放大机镜头以达到最好的效果。

因此，数码暗房制作水墨画效果的关键是得到逐渐晕化的边缘。具体方法见实例，当然大家还可以找到更多的处理技术。左图为完成后的效果，下图及下页图为处理步骤，请仔细阅读文字，因为并没有每一步骤都作了截图。

第一步：打开图像，按"Ctrl+J"复制图层，按"Ctrl+Shift+U"去色，再连续两次复制图层，得到包含图层1、图层1副本、图层1副本2这三个黑白图层的图像。

第二步：调整图层1的亮度与对比度，把对比度调到很大。（如图）

第三步：对图层1执行"特殊模糊"滤镜，使水墨效果初步出现。（水墨效果主要通过特殊模糊调出，但我们还要进行别的处理使照片更像一幅真正的水墨画）

第四步：对图层1执行"中间值"滤镜，使一些明显的线条消失。

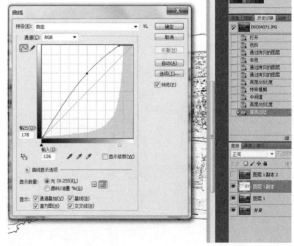

第五步：调整图层1副本的亮度与对比度，对比度调大；执行"查找边缘滤镜"，得到线条效果。

第六步：调整图层1副本的曲线，大大提高高光部位的亮度。（如图）

第七步：对图层1副本执行"高斯模糊"滤镜，数值不要太大。

第八步：把图层1副本的混合模式设置为"正片叠底"，初步效果出现。本例制作过程中请注意每一步的效果。

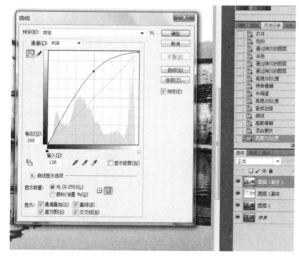

第九步：大大提高图层1副本2的对比度，然后调整图层1副本2的曲线让它大大变亮。

第十步：对图层1副本2执行"特殊模糊"滤镜。（如图）
第十一步：把图层1副本2的混合模式改为"叠加"。

第十二步：把图层1副本置于最上层。

第十三步：最后再调整一下明暗与反差完成处理工作。

插画效果

插画的特点是颜色层次很少，因此在处理照片时需要极大地压缩画面层次，在PS中可以直接通过色调分离或设定颜色的数目来压缩照片的色调，以模仿这些美术效果。此外，还需要使用制作素描过程中的方法来强化线条，把照片改造成"插画"。

至第六步的效果。

至第九步的效果。

"海边的渔船"照片，处理为插画效果。操作步骤：

第一步：打开照片，按"Ctrl+J"三次把背景复制为三个图层。（中图）

第二步：对图层1执行"特殊模糊"滤镜，注意选择模式为"仅限边缘"。（下图）

第三步：对图层1执行"反相"。（下页左上图）。

第四步：对图层1副本执行"特殊模糊"滤镜，注意选择模式为"正常"。（下页右上图）

第五步：对图层1副本执行"水彩"滤镜。

第六步：将图层1副本的混合模式改为"正片叠底"。（下页左中图）

到这一步，绘画效果基本完成。

第七步：选取编辑菜单下的"渐隐水彩"，选模式为"柔光"，调整参数使效果满意。（下页右中图）

第八步：对图层1副本2执行"高斯模糊"滤镜。（下页左下图）

第九步：将图层1副本2的混合模式改为"正片叠底"，调整透明度使效果最佳。（下页左上图）

最后当然还可以对总体效果进行微调，包括修掉多余的东西等。

第四节 商业人像的特效制作

　　商业人像效果，是由市场潮流、客户、创意策划人士、摄影师等共同决定的，不同层次的商业人像，对图像的后期处理有着不同的要求，比如影楼尤其婚纱人像摄影，后期处理基本上立足于各种成套的"主题"。我们了解到，商业人像后期处理从技术上而言重点在于调色、处理皮肤质感、处理背景等，因此在这里就以三个人像实例来展示一下这几种后期处理技巧。

　　婚纱照片常见处理方式是使用现成的主题样照，把拍摄的照片"套"进去。这种流水线式的操作很容易现场学会。此外，不少调色师使用绘画的方式处理头发、服饰、眼睛、眼睫毛等细节，这就需要有一定的美术基础了。

暖色调油画风格人像

　　像油画一样色彩浓郁、影调柔和的照片，一直很受欢迎。调整的关键在于对色彩的处理与把握。

"树下的新娘"照片处理要点之一：一种选取高光区域的方法——打开图像，打开通道面板，按住Ctrl键的同时用鼠标点击RGB通道图标，可选择图像的高光部分。

"树下的新娘"照片，左上为原图，左中为进行一般磨皮后的效果，上为进行"暖色调油画风格人像"处理后的效果，左下则在此基础上处理为油画效果。暖色调油画风格人像处理步骤：

第一步：打开照片，进行初步的色彩与反差处理，使用外挂滤镜Imagenomic Portraiture磨皮。

第二步：复制背景为新图层，打开通道面板。按住Ctrl键同时点击RGB通道缩略图，选择高光区域。

第三步：执行曲线命令，把高光部位压暗一点。取消选择。

第四步：执行色彩平衡，选中间调，调整为偏青色-27、偏蓝色+30；选高光，偏蓝色+5；选阴影，偏红色+24、偏黄色-22。

第五步：执行色阶，使图片略为偏暗（把横轴上的黑色、灰色小三角都略向右拉）。

第六步：选取"图像—调整"菜单下的"可选颜色"，设置参数为：红色，从上到下四种颜色依次为-62、-46、-22、+14，黄色，-100、-60、-23、+19，青色，-100、+100、+100、0，蓝色，+100、+100、+100、0，洋红，0、-100、-10、0，白色，0、0、0、+9，中性色，0、0、0、-10，黑色，0、0、0、-6。这一步得到基本的暖色调。

第七步：执行"照片滤镜"，选"深黄"，其他参数不改。

第八步：选背景图层，复制为新图层，移动此图层至最上层，混合模式设置为"滤色"。

第九步：执行"色相/饱和度"，全图，饱和度-7、明度-66。

第十步：执行"色相/饱和度"，调整以下三种颜色：黄色，饱和度-72、明度+38，绿色，饱和度-98，蓝色，色相+18。

处理至此基本完成，合并图层后再作一些反差、明暗等方面的微调即可。

上为原图。上海市英国维丽娅学校学生化妆作品。

左上图：完成简单磨皮的效果。
右下图：强化皮肤质感的效果。

突出皮肤质感的商业人像

　　在人像处理中，磨皮是非常重要的环节，但是我们常常见到不少经过磨皮后的美女照片，皮肤全无质感，好像一个塑料娃娃。其实美女的皮肤质感会给人更真实的感觉，在商业人像中，强调皮肤质感是一种"职业"的标志。我们在这里以一幅妆面作品为例，介绍既美化又能突出美女皮肤质感的基本方法。

　　具体操作步骤见后。

突出皮肤质感的商业人像操作步骤：

第一步：打开图片，使用修复画笔或克隆工具修复皮肤上的小点。

第二步：按"Ctrl+J"复制背景为"图层1"。（如图）

第三步：此图高光部位过亮，故使用"曲线"工具使高光略暗。

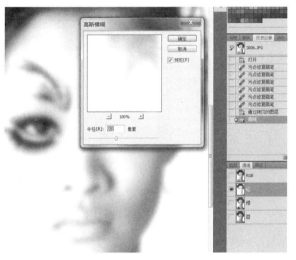

第四步：查看通道，发现蓝色通道细节最好。对红色通道执行"高斯模糊"滤镜。

第五步：对绿色通道执行"高斯模糊"滤镜。

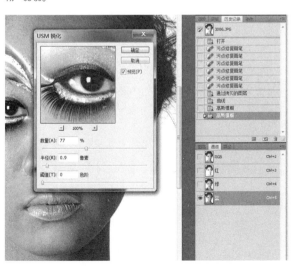

第六步：对蓝色通道执行"USM锐化"滤镜。

第七步：回到RGB通道，回到图层面板，设置图层混合模式为"明度"，调整图层不透明度为70%。添加图层蒙版，把眼睛、嘴唇、头发等需要保留细节的部位擦出来。

第八步：复制背景为新图层，将得到的"背景副本"图层移动到最上层。选择背景图层，隐藏其他图层。打开通道面板，复制蓝色通道。

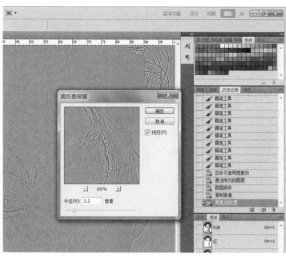

第九步：对"蓝副本"通道执行"高反差保留"滤镜。

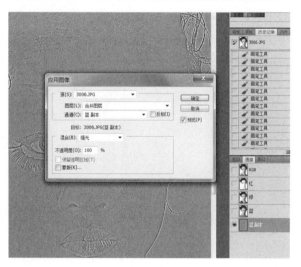

第十步：选取"图像—调整"菜单下的"应用图像"，设置混合模式为"强光"（注意是在"蓝副本"通道上执行）。

第十一步：再重复第十步两次，即总共执行三次"应用图像"。

第十二步：把蓝副本通道"载入选区"。（如图）

第十三步：显示所有图层，选取最上面的"背景副本"图层，添加蒙版。选取"背景图层"，用曲线工具稍稍调亮。

第十四步：把"背景副本"图层混合模式改为"叠加"，不透明度为30%。至此，磨皮基本完成。

第十五步：细调磨皮效果，复制背景副本图层，设置背景副本图层2混合模式为"柔光"，不透明度为50%。

第十六步：对背景副本图层2执行"USM锐化"滤镜。

第十七步：选取背景，复制为"背景副本3"，选择全部四个图层，合并。该图层为完成后的磨皮效果。

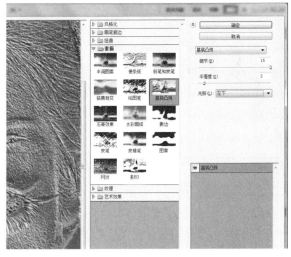

第十八步：再复制背景图层，将其移动到最上层，对该图层执行"基底凸现"滤镜（"滤镜—素描"菜单下）。

第十九步：设置图层混合模式为"正片叠底"，不透明度为6%～9%。

第十三步：合并图像，用色相/饱和度工具细调皮肤颜色，再微调全图的亮度、对比度完成处理工作。

两种背景处理技巧

　　人像摄影的时候，要想获得理想的背景往往受到种种限制，因此调整、改换背景在人像后期处理中是比较常见的。这方面比较典型的是换背景，有一阵子在中、小照相馆还相当流行：拍张全身或半身像，然后把背景换成伦敦、巴黎什么的。由于数码照片处理中换背景很方便，制作各种梦幻背景也一度成为流行的Photoshop技法。

　　这里的两个实例，一个是把背景中绿色的草叶调成红色，一个是把背景处理成绘画效果。尽管我们都给出了详细步骤，但仍然要强调，类似的调色处理中，重要的不是步骤与参数，而是思路。

"白纱少女"照片，处理为绘画效果背景。操作步骤：

第一步：打开照片，进行初步处理后复制背景为新图层。

第二步：对该图层执行以下滤镜：

颗粒：强度20、对比度70；类型：喷洒；动感模糊：40度、距离30；成角的线条：方向40、长度20、锐化3。

第三步：再复制背景图层，并将新复制的图层移动到最上层。

在右图中，第一步复制的图层为"图层1"，第三步复制的为"背景副本"。

第四步：对"背景副本"图层执行查找边缘滤镜。

第五步：对背景图层执行"色相/饱和度"，减低饱和度、提高明度。

第六步：将"背景副本"图层混合模式设为"叠加"。

第七步：合并"背景副本"与"图层1"，为合并后的图层添加蒙版，使该图层人物主体不可见（背景中的人物主体显示出来）。

在进行这一步处理时，可选用深灰色而不是黑色在蒙版中人物主体位置涂抹，使人物有一定透明效果，如上图所示。

第四章　特殊效果图像制作

"白纱少女"照片，原图。

上左图与上右图均使用Photoshop的"图像—调整"菜单下的"黑白"命令转黑白，使用黄色滤镜预设再作调整，可以识别原图的草叶为绿色、效果图的草叶则接近红色。

"白纱少女"照片，春天变秋天。右上图为处理后的效果，下图为处理方法：打开照片，执行nik Viveza外挂滤镜，向绿叶添加控制点，调整R（红色）、G（绿色）、B（蓝色）、W（暖色）等参数调整为橙红色。

Chapter 5

第五章 Photoshop与影像设计

　　在摄影师看来，Photoshop或许是后期处理的工具，相当于传统摄影的"暗房"；但在Photoshop看来，摄影或许只是在为后期的影像创作提供素材。数码摄影师在此基础上创作出更优秀的影像与平面作品。

第一节 影像创意的技术思路

一、"变"是创意的精髓

　　所谓创意，或者说创作，基本要求在于"创新"。重视创新的各种艺术创作往往需要人们付出更大的努力，投入更多更复杂的训练。作为数码照片处理技术的学习，我们首先选择从"技术"入手找到一个突破口：比如"变"，"变"得与平常、与人们常见的不同，就可能进入了创作、创新、创意设计的大门。

"魔鬼城"照片，颜色之变。
左图：原图。下图：背景改为红色（主要使用控制点、色相/饱和度）。

简单之"变"

使用常规的方法无法取得突破性效果的时候，"穷则思变"或许是一条有效途径。当然，"变"也可以从简单开始。

"海滩丽影"照片，方向之变。（左图与右上图）
沈思礼拍摄的这幅照片本身已经很有美感了，但为了让画面显得更不寻常，我们把画面上下、左右全都颠倒过来，再略加裁剪，得到右上图的效果。

"影子"照片，双重倒影。（右图）
从技术思路而言，创意可能会非常简单。右下图这张照片，在拍摄时使用一个玻璃球让景物呈现倒影，然后打印输出时上下颠倒，即得到一幅非常富有意味的图像。此照片摘自互联网。

"极地星球"照片，空间之变。

右上图这幅"极地星球"特殊效果照片是用左上图的上海外滩夜景照片创建的。操作步骤：

第一步：打开照片。用作这种效果的照片最好是宽幅的，长宽比不小于两倍。

第二步：按"Ctrl+A"全选，再按"Ctrl+C"复制。

第三步：执行"画布大小"，画面宽度增加一倍，在对话窗口中点击向左的箭头使新增加的画布全部布局在画面右侧。

第四步：按"Ctrl+V"粘贴，执行"编辑—变换"菜单下的"水平翻转"，然后使获得的镜像与原图对齐。（右中图）

第四步：执行"图像大小"，在对话框中去掉"约束比例"前面的对勾，把图像的宽度、高度改成相同的数值（缩小图像宽度使之与高度相同）。

第五步：选取"滤镜—扭曲"菜单下的"极坐标"，选择"从平面到极坐标"（右下图），得到左下图的效果。

第六步：因为是两个对称图像构成，画面圆圈自然吻合，但完全对称比较呆板，因此修去两个高楼使画面变成部分对称，再删除周围多余的画面得到右上图。

操控变形以及给画面添加新的因素

上页的例子说明了变形对于创建新奇画面的意义。在Photoshop的"编辑"菜单下有一个"操控变性"，使用它可以对图层进行自由而有规律的变形操作。在这里，我们对上页"极地星球"照片进行变形、裁剪后，加入新元素，通过操控变形来创建不同的影像。

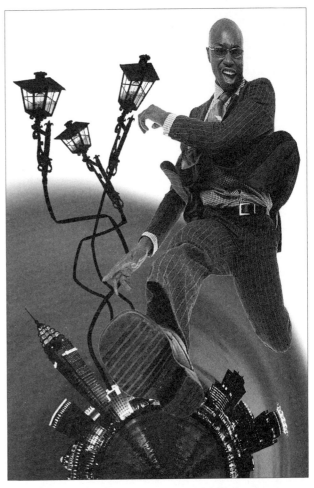

"跨越"照片，裁剪"极地星球"照片一角，加入左上图的路灯与人物。操作步骤：

第一步：打开中上图的路灯素材照片，把路灯抠出来，拖到裁剪好的极地星球照片中。

第二步：执行"操控变形"，可见路灯图层被网格覆盖，用鼠标点击变形操作时将要成为转折点的地方，拉动这些点可以使路灯有规律地弯曲、变形。（左下图）

第三步：完成三个路灯的操控变形。

第四步：加入人物图层，执行类似操作。（右下图）

二、作为素材的照片

把照片作为素材，是追求极致后期处理的表现。在这个意义上，拍照好比写生，后期处理才是真正的影像创作。并不是每一个数码摄影师都要面对这种情形，但它绝对是一个新的层次、新的挑战。作为入门性质的学习，我们将通过实例来探讨通过变形、拼贴等手段，如何使拍摄的"素材"转换为全新的影响作品。

简约风格

"摄影用减法"，不仅适用于拍摄，也适用于后期处理。对一幅比较杂乱或主体不很突出的照片，通过删减、模糊、替换多余的因素，就可以变为简约主义的"作品"了。

"一棵树"照片，左上为原照，左下为简约处理效果。操作步骤：

第一步：打开照片，打开照片，用克隆工具把画面右边的树桩修掉，并且将地平线尽量变低。（右上图）

第二步：使用Photoshop外挂滤镜Flood制作倒影，调整其各项参数达到自己满意的效果即可。（右下图）

移花接木

通过拼贴等手法打造以假乱真的蒙太奇效果，为许多数码摄影师所偏爱。使用这种技巧，主要应注意以下两点：一是有一个合适的思路，所谓胸有成竹，对完成后的影像效果事先应该有所预见和安排；二是处理过程中要非常细心，不要留下任何明显的生搬硬套的痕迹。

"宏村的舞者"照片，利用上一章的宏村照片，加入一芭蕾舞表演者和水波特制作新影像。操作步骤：

第一步：打开"宏村"照片，用工具选取池塘部分。（中左图）

第二步：按"Ctrl+J"复层，对图层进行变形操作画面大小。

第三步：对图层执右图）

第四步：对图原来的大小方边缘使

第五步位

"窗前的女孩"照片，由中图的两幅照片合成，上图为最终效果。操作步骤：

第一步：打开窗户照片。

第二步：把中右图中的女孩抠出来，粘贴到窗户照片中，调整其合适的位置与大小。

第三步：复制女孩的图层，选取"编辑—变换"菜单下的"水平翻转"，调整其位置与大小，调整该图层的不透明度使之变为出现在窗户玻璃上的镜像，用橡皮擦擦除该图层的多余部分。（下图）

第四步：为镜像图层添加蒙版，让窗户框架等其他不是玻璃的地方完全显露出来。

上图为完成后的效果。

第二节 Photoshop与平面设计

　　平面设计的定义泛指具有艺术性和专业性，以"视觉"作为沟通和表现的方式，通过多种方式来创造和结合符号、图片和文字来传达想法或讯息的视觉表现。通俗地说，就是把图像和文字安排在一个平面媒介（比如纸张或电脑屏幕）上，向观众（读者）传达某种信息的方式。平面设计牵涉到文字处理等多个方面，图像处理在其中也占有核心地位。

一组女鞋广告作品

　　这是一组比较经典的国外广告作品，主题是女鞋。通过这组作品我们会对平面作品有一个初步的认识。

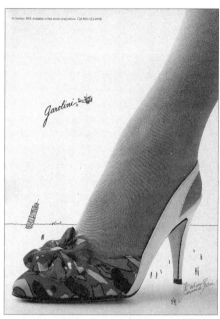
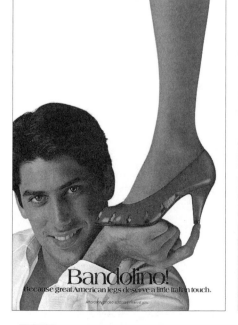
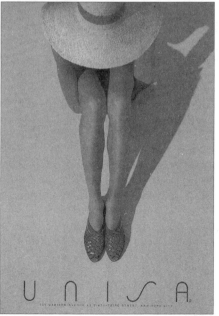

左上图：简单而直接的图片与文字组合。

右上图：简单的图片、文字与符号。

左下图：传达主题暗示意蕴的创意图像与文字组合。

右下图：简单但更含蓄的图片与文字组合。

设计摄影概念

不论是从事摄影创作，还是在商业摄影领域，设计摄影都是一个非常重要的概念。它要求摄影师具备造型、创意的概念，能够"设计"一个表达某种理念、传递特定意图的画面，并且通过拍摄与后期处理、平面设计的方法使之成为现实的视觉图像。对于数码摄影师来说，在拍摄与后期处理中具有明确的设计意识，可灵活驾驭多个画面因素并娴熟处理它们之间的关系，是走向设计摄影的起点。

上右图：一幅富有视觉冲击力的投影机广告作品。
中右图："人物跳出家庭影院的大屏幕"照片。
中左图、下图：制作"人物跳出家庭影院的大屏幕"照片的素材，部分来源于相关厂家的产品图片。
上右图的产品广告之所以富有视觉冲击力，除了画面构成比较和谐，关键之处在于豹子中从屏幕中走出来。我们在这里要学习制作的照片虽然相比之下显得很小儿科，但练习的就是"跳出屏幕"的技巧，或者说，迈出了摄影设计的第一步。

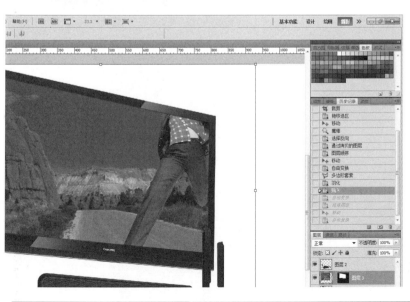

"人物跳出家庭影院的大屏幕"照片操作步骤：

第一步：打开家庭影院音响照片，根据需要向上方适当扩展画面（设置Photoshop背景色为白色，使用裁剪工具把画面从上方往外拉到一定高度即可）。

第二步：把电视机照片作为图层粘贴进来，按"Ctrl+'"显示网格，使用移动工具对图层进行自由变形操作使的它的透视与音响一致。（上图）

第三步：在背景图层上精细选择家庭影院音柱与电视机重叠的部分，复制为新图层，将此图层拉到电视机图层上方。

第四步：在电视机图层上，精心选取电视机的屏幕，并适当羽化选区。（中图）

第五步：打开人物图片，全选并复制。

第六步：回到家庭影院图片，选取"编辑—选择性粘贴"菜单下的"贴入"，人物图像被贴入选区。实际上是对新贴入的图层建立了蒙版，蒙版上原来选择的区域为白色，人物图层可见；选区之外为黑色，下面的图层可见。（下图）

第七步：解除图层与蒙版的链接（图层面板上该图层与蒙版之间有链接图标的话点击它使它消失即可），然后调整人物的大小、位置、透视效果到合适。

第八步：使用黑色涂抹人物伸出屏幕之外的腿与脚让它显示出来即可。

"AotuCar汽车广告"的制作。使用了两张汽车照片，其中一张拍摄于高山背景（中图），一张则是从汽车内部以驾驶台为前景向外拍摄（上图左）。同时为配合广告画了一个上图右面那样的logo。

在Pphotoshop中把这些元素作为图层集合到同一个画面，加入文字制作为杂志广告。主要使用了图层与图层蒙版，以及调整图像的色相/饱和度、色阶使整个画面的影调、色彩统一而和谐。（下图）

我们在本书所学的图像处理技术完成类似的任务绰绰有余，但是一个好的创意与构思则是超越技术之外的东西，或许更需要我们的观察、思考、学习与实际训练。